I DRINK, therefore I AM.

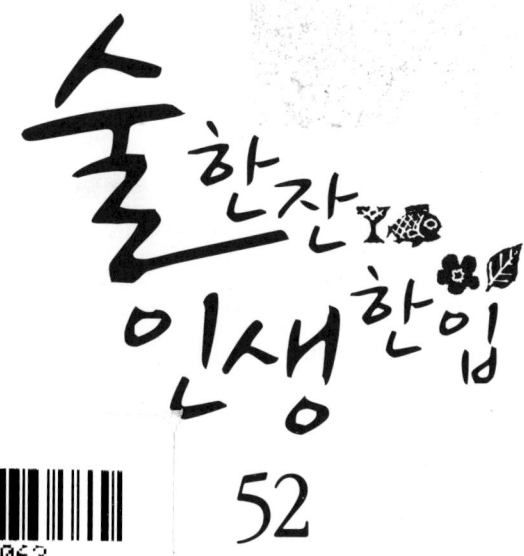

술 한잔 인생 한입

52

라즈웰 호소키

AK
COMICS

●서문

여전히 코로나 사태는 끝나지 않았다. 그러나 세상 전체를 보면 일전의 긴급사태선언 때와 같은 긴장감은 약해졌고, 음식점에서 회식을 하거나 주점에서 술잔치를 벌이는 일이 조금씩 부활하고 있다.

나도 예전만큼은 아니지만, 가끔 밖에서 음식을 먹는다. 그런데 밖에서 음식을 먹으면 즐겁지만, 이상하게 집에 돌아오면 유독 피로하다. 나이 탓인 줄 알았는데, 아무래도 그건 아닌 듯했다.

추측건대, 최근 2년간 계속 집에 틀어박혀 지내는 생활이 계속되다 보니 외출이 익숙지 않아 밖의 자극이 유독 강하게 느껴지기 때문이 아닐까?

코로나 사태 이전의 일기를 들춰 보면, 믿을 수 없을 정도로 자주 외출해 음식을 먹었다. 그런데 지금은 그 일기를 보기만 해도 확 피로가 몰려온다. 지금은 그때와는 달리 외출하지 않는 데에 익숙해졌기 때문이다.

그런 이유로 최근 몇 년간은 계속 집에서 술을 마시는 나날이 계속되고 있다. 집에서 술을 마시면 뭐가 좋은가 하면, 굳이 집에 돌아올 필요가 없다는 것이다. 밖에서 술을 마시면 집에 돌아오는 여정이 너무 힘들다. 진탕 마신 날에는 역에서 집까지가 얼마나 길게 느껴지던지. 겨우 10분에 불과한데도.

그리고 냉장고 안에 쌓아둔 음식 재료를 소비해, 빈공간이 늘어난다는 장점도 있다. 멍하니 있으면 금방 꽉꽉 들어차니까. 냉장고 안에 있는 재료만으로 음식을 만들면, 그것만으로도 굉장한 요리 공부가 된다.

이런 식으로, 집에서 술을 마시는 건 장점투성이지만, 모두 나처럼 집에서만 마시면 음식점은 파산할 수밖에 없다.

앞으로는 기회를 봐서 외식도 해볼 생각이다. 술을 집에서만 마시면 이야기 소재도 구할 수 없으니까. 주점에는 항상 신선한 놀라움이 가득하다.

그러니, '술 한잔 인생 한입' 52권을

현저히 발길이 뜸해지고 만 음식점

저녁 술의 술안주 재료를 공급해 주는 슈퍼

그걸 보존해 주는 우리 집의 냉장고

집에서 마시는 술을 제조하고 판매하는 여러분

그리고 왠지 모르게 아직도 주뼛거리면서도 주점에 가서 술을 마시지만, 마음속은 어딘가 편치 않은 모든 술꾼 여러분에게 바칩니다.

2022년 11월

라즈웰 호소키

목 차

술한잔
인생한입

제1화 봄의 일곱 푸성귀

푸

자, 여기.

하

아

꿀꺽
꿀꺽
꿀꺽

바삭바삭한 튀김옷 안에서 확 터지는 굴즙 최고!

으하하.

한겨울의 맥주도 참 맛있어요.

캬아.

이건 굴튀김이야.

맥주가 더 잘 넘어가요.

그리고

벌컥 벌컥

기운을 보충했으니까요.

새해 연휴 내내 집에서 늘어져서

연말연시에 피로가 쌓이진 않았어?

컨디션 최고네, 이와마.

16

말하자면 주변에서 흔히 볼 수 있는 잡초 같은 거죠.

스즈나는 순무야.

스즈시로는 무고

미나리는 자주 먹지만 나머진 친숙하지가 않네.

그 이외엔 대체 무슨 풀인데?

호오, 그랬어요?

가을의 일곱 화초는 못 먹지?

그런데 봄의 일곱 푸성귀는 먹을 수 있지만

평범한 잡초는 아니지 않을까?

하지만 몸을 편하게 만들어주는 죽에 들어가니

약으로 먹는 정도예요.

나머진 기껏해야 달여서

어디에 잘 들을지는 모르지만

진짜 칡떡의 원료구나?

칡뿌리를 갈아서 먹을 수 있는 정도일까?

가을의 일곱 화초는 관상용이니까요.

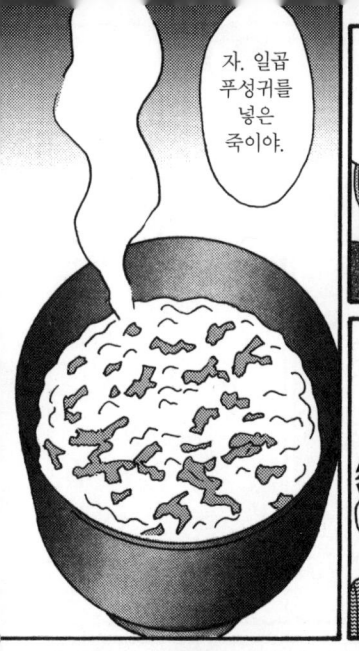

자. 일곱 푸성귀를 넣은 죽이야.

나도.

누님. 이제 죽을 먹고 싶은데요.

좋아요. 주세요.

이와마 씨도 먹으면 어때?

사악한 기운을 내쫓고 운을 좋게 해주는 음식이라고도 하니

내장에 은은하게 퍼지는걸?

캬~. 입만 대도 몸이 편안해지는 기분이야.

냠

습

그렇지!

술안주가 되지도 않고.

음~. 나한텐 역시 좀 부족하네.

후루룩

여기서 잠깐 ① 「봄의 일곱 푸성귀」

일곱 푸성귀 죽을 먹어 본 적이 있었던가…?

기억이 맞는지는 모르겠지만, 꽤 오래전에 건조된 일곱 푸성귀 세트를 사용해 일곱 푸성귀 죽을 만들어 먹은 기억이 나는 것도 같고 아닌 것도 같고, 모르겠다. 뭐가 됐든 제대로 인식한 채로 먹어 본 적은 없을지도….

따지고 보면, 일곱 푸성귀를 먹는다고 하는 1월 7일에는 스즈나(순무), 스즈시로(무), 미나리를 제외한 잡초 재료는 아직 피어나지도 않았을지.

새해 연휴와 연초에 지나치게 과식해 혹사당한 내장을 다스리겠다는 목적은 확실히 일리가있다.

'미나리냉이 / 떡쑥에 별꽃이라 / 광대나물에 / 순무와 무를 더해 / 일곱 푸성귀니라'는 노래는 일본의 남북조시대(1336~1392)의 조정의 가인인 요쓰쓰지 요시나리(四辻善成)라는 인물이 읊었다고 하는데, 그 말은 즉, 그 당시에 이미 이 식습관이 있었다는 말로, 에도시대(1603~1868)가 되면 완벽히 행사 음식으로 정착됐다고 한다.

나 혼자만의 상상이지만, 에도시대 사람들은 정월에 폭음과 폭식을 했으리라 보이니, 7일에 먹는 죽의 속이 편한 그 느낌을 사무칠 정도로 실감하지 않았을까 한다.

제2화 제일 좋아하는 치즈

와~아!

자요, 생맥.

코

하

꿀꺽
꿀꺽
꿀꺽
꿀꺽

BEER

BEER

슬라이스치즈는
참 대단한
발명이야.

우물

으~음.

우물

냠

그리고
김의 향과
치즈의
풍미가
딱 적절해.

이건 김이
좀 눅눅해야
더 맛있어.

벌컥벌컥

하이볼
입니다.

자,
나왔
습니다.

크

하

김

꼬치튀김

덴

꼬치튀김

덴

이제 마지막 마무리는

치즈 술안주의 정석 치즈치쿠와다.

옛날 그대로의 프로세스 치즈가 제일 잘 어울린단 말이지.

막상 술안주로 먹으려고 하면

치즈치쿠와

카망베르

츠츠

푸쉿

심한 추위에 술안주인 치즈가 너무차갑네

에휴, 괘씸하네. 쓸데없는 걸 집어넣고.

소다스

음?

우물 우물

쏴옥

그래도 맛있지?

이럴 수가!

[원재료] 프로세스 치즈, 카망베르 치즈

이 맛은 혹시…

치즈치쿠와

여기서 잠깐 ② 「제일 좋아하는 치즈」

슈퍼의 판매대를 보면 정말 다양한 치즈가 판매되고 있다.

특히 내추럴 치즈의 종류가 많아서 깜짝 놀란다. 크림치즈, 모차렐라, 카망베르처럼 익숙한 치즈부터, 들어본 적도 없는 치즈까지 무척 다양하다.

물론 옛날부터 자주 먹던 프로세스 치즈도 있지만, 아무래도 내추럴 치즈에 압도적으로 밀리는 감이 없지 않다. 옛날에는 치즈란 곧 프로세스 치즈였지만, 지금은 양상이 확 변했다.

그러나 술안주로만 따지면, 프로세스 치즈야말로 치즈 중의 치즈다. 술안주인 만큼 쓸데없는 풍미와 독특한 맛은 필요 없다. 치즈만의 강한 맛은 오히려 불필요하다.

삼각형으로 잘린 6피스짜리 치즈를 비롯, 사각형의 베이비치즈나 커다란 프로세스 치즈를 물결 모양 커터로 자른 치즈는 보기만 해도 술을 마시고 싶어진다.

특히 본편에도 등장하는 치즈, 살라미, 크래커를 세트로 구성한 치즈는 프로세스 치즈가 아니어서는 절대 그런 맛이 안 난다!

그 치즈가 카망베르거나 모차렐라면 버럭 화를 낼 줄 알아라~!

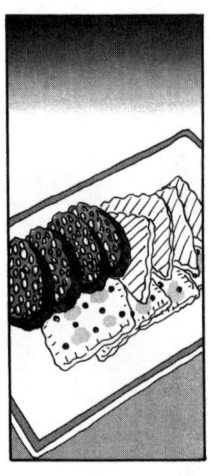

소다츠의 사계절 안주
冬 마라 슈퍼 버섯전골

슈퍼에서 조달한 여러 버섯을 사용한 '슈퍼 버섯전골'을 쓰촨식으로 변형한 음식.

두반장, 춘장을 볶고 중국식 맛국물을 넣은 전골 국물로 버섯을 삶고, 폰즈간장에 팍치(고수)나 파를 넣어 만든 양념과 함께 먹는다. 매운 음식을 잘 먹는다면 거기에 라유나 페퍼소스를 더해도 좋다.

버섯 이외의 재료로는 두부, 파, 콜리플라워 등을 추천한다. 마무리는 역시 라멘이 좋지 않을까.

추운 겨울에는 매운맛을 더한 전골이 더 좋다고 한다. 따뜻하게 데운 소흥주로 몸을 녹이자.

마라 슈퍼 버섯전골 만드는 법

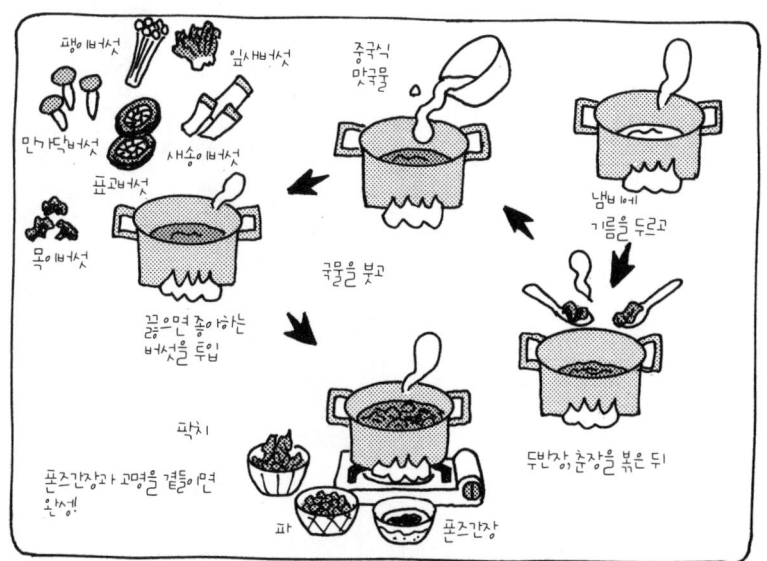

제3화 모시조개 독백

자,
여기.

크

꿀
꺼
억

홧

요릿집

안즈 요릿집

31

사케.

자, 여기.

모시조개
술찜이랑

이거야,
이거.

음~.
모시조개의
감칠맛과
바다내음에
뜨끈한 술이
딱 제격이야!

크흐!

쫄
깃

쫄
깃

울쩍

쫄 쫄

쫄

34

여기서 잠깐 ③ 「모시조개 독백」

조개류는 정말 생명력이 강하다.

슈퍼의 신선 식품 판매대에 가보면, 모시조개가 팩에 들어가 진열되어 있는데 다들 그런 상태로도 살아 있을 정도니까.

사서 돌아와 보면 살았는지 죽었는지 모를 만큼 아무 반응이 없지만, 모래 해감을 하는 중에 살짝 들여다보면 혀를 내놓고 거품을 내뿜는 등, 확실히 살아 있었다는 사실을 확인할 수 있다.

그토록 생명력이 강하지만 그 이후에는 곧장 요리 재료가 되어 모두 목숨을 잃는다.

지금까지 미꾸라지, 꽃게, 랍스터 등을 살아 있는 채로 조리한 적이 있는데, 칼을 사용할 때나 열탕에 넣을 때나, 삶을 때면 '미안하다'라고 말하며 살짝 가슴 아파하기도 했다.

그런데 조개류는 왠지 그런 미안한 감정이 잘 들지 않는다. 생명을 음식으로 만든다는 죄책감을 잘 느끼지 못하는 경향이 있다.

하지만 조개류도 조용하긴 하지만 열심히 살아가고 있다. 예전에 살아 있는 함박조개를 억지로 열려고 하다가 조개껍데기 사이에 손가락이 끼인 적이 있다. 엄청난 힘이라 다급히 힘껏 조개를 열어젖혀 손가락을 빼냈다. 피는 나오지 않았지만 너무 아팠고, 손가락에는 선명한 자국이 남았다.

앞으로는 더욱 조개에게 고마워하는 마음을 가지도록 해야겠다.

제4화 바쿠라이

네~.
오랜만
이에요~.

수고
많았어~.

크
하

끌
꺽

꿀
꺽

39

누루칸과

네.

여기요.
바쿠라이랑
사케 *누루칸
부탁해요.

자,
나왔습니다.

그래요~?
사케랑
잘 어울린다
고요?

바쿠라이
입니다.

그런데
소재가 굉장해.

응,
맞아.

이건…

젓갈
인가?

왔다!

*누루칸: 미지근하게 데운 술.

40

42

그대로 써먹으면 너무 무서우니 발음은 같지만 무섭지 않은 한자를 골랐대.

붉은멍게

재료의 붉은멍게의 형태가 잠수함을 공격하는 폭탄 '폭뢰(바쿠라이)'와 닮았다는데

폭뢰

이름은 어떻게 지은 거예요?

올려서 드셔 보세요.

크림치즈 이니

자, 이건 서비스입니다.

좌우간, 사장님 자신이 상당한 술꾼이었던 건 분명하겠지.

구라니자기

접시에 바쿠라이

붉은의 뜨릿빛

소다츠

역시 폭탄인걸? 사케가 쭉쭉 넘어가서 위험해.

사장님, 사케 추가요~.

오~!

네

진미를 넘어선 진미예요.

우와! 이거 진짜 끝내주는데?!

43

여기서 잠깐 ④ 「바쿠라이」

성게, 숭어알젓갈(가라스미), 해삼내장젓갈(고노와타)을 일본의 3대 진미로 치는데, 모두 술도둑들이다.

그중의 하나인 이 고노와타는 해삼의 내장 젓갈로, 3대 진미 중에서도 특히 더 진미라 불리는 음식이다. 젓가락 끝으로 살짝만 집어서 입에 넣으면, 뭐라 형용할 수 없는 진묘한 맛이 나서 바로 술을 목으로 넘기고 싶어진다.

이 3대 진미에 견줄 만한 젓갈이 있다면 바로 멍게다. 기묘한 형태지만, 그 안에는 예쁜 오렌지색의 몸이 숨겨져 있어, 이게 또 술을 자꾸만 부른다.

그 독특한 풍미를 싫어하는 사람도 있지만, 진미라 불리는 음식은 다 마찬가지다.

이 멍게와 3대 진미의 하나인 고노와타를 합치겠다는 발상을 떠올리다니, 상당한 주당이 아니어서는 불가능하다.

그리고 그러한 발상을 떠올린 사장님의 회사가 바다가 없는 지역인 기후현에 있다는 사실도 흥미롭다.

지금까지 바쿠라이는 음식점에서 가끔 먹는 정도였지만, '먹고 싶다면 그때가 먹어야 할 때'의 일본 전국 주문 시리즈의 소재로 활용하려고 주문해 보았다.

주문하자마자 금방 도착해서 바로 바쿠라이를 술안주 삼아 먹었는데, 100그램에 1580엔짜리 바쿠라이와 4홉짜리 술병이 정말 순식간에 텅텅 비어 버렸다.

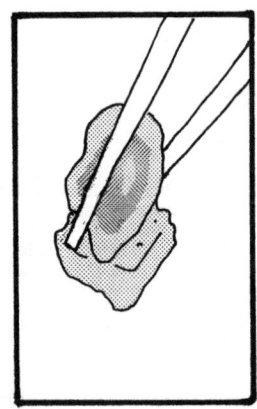

제5화 여름 전의 표변

건배
~!

자,
마실까?

clear o

꿀~꺽

크~~하!!

아직 모기도 없으니까.

오늘처럼 화창한 날씨에는 밖에서 대낮에 한잔해야 제맛이긴 하지.

참 좋은 계절이야.

덥지도 않고 춥지도 않고.

음~. 평범한 샌드위치지만 그래도 맛있어.

아암

우물

우물

김초밥의 안정적인 맛.

음~.

쏘옥

음냐

음냐

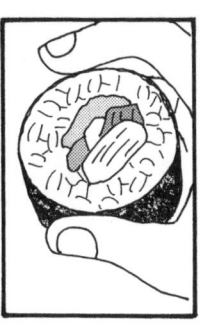

옛날에 비해 적어진 기분이 들어.

그런데 요즘엔 이렇게 화창한 날씨가

역시 샌드위치랑 김초밥은 아웃도어의 2대 술안주라니까.

당연히 그래야지!

그러니까 이 귀중한 하루를 만끽하고 가자.

봄과 가을이 짧아졌지?

맞아. 1년의 대부분은 덥든가 춥든가

왜 그래?

어?

슬슬 사케를 하나….

*오유와리(お湯割り) : 소주, 위스키 등에 따뜻한 물을 타서 묽게 마시는 방법.

여기서 잠깐 ⑤ 「여름 전의 표변」

온난화 때문인지 뭐 때문인지는 몰라도, 요즘 날씨가 너무 휙휙 자주 바뀐다.

덥나 싶으면 순식간에 추워지고, 각지에서 큰비가 내리기도 하고 돌풍이 불기도 하고. 태풍은 매년 더 거대해지는 느낌이다.

그러한 날씨의 급변은 옛날에는 봄에서 초여름으로 넘어가는 시기에 자주 발생했었다.

예전에, 5월의 아주 화창한 날에 볼일이 있어 기치조지(吉祥寺)에 나갔을 때의 일이다. 만난 친구들과 술을 마시러 가는데, 갑자기 얼음이 떨어져 내렸다.

처음에는 근처 빌딩에서 누군가가 얼음을 뿌렸나 했는데, 후두둑후두둑 계속해서 떨어져 몸에도 맞고, 커다란 얼음 알갱이가 길에도 떨어져 있었다.

그제야 겨우 그게 우박이라는 걸 알게 됐다. 서둘러 주점으로 들어가 피했지만, 그건 지금껏 내가 목격한 것 중에 가장 심한 우박이었다. 그 이후로 우박이라는 말을 들으면 그때 5월의 기치조지가 떠오른다. 그런데 좀처럼 내리지 않는 우박이 목격되면, SNS에 우박 사진을 올리곤 하는데, 그걸 보고는 '와아~' 하는 댓글을 다는 사람이 많다. 그 댓글에 뭐라고 대답을 하면 될지 매번 고민을 한단 말이지~.

소다츠의 사계절 안주

㉰ 실곤약 볶음 & 실곤약 초된장

'실곤약' 편의 '볶음'과 '초된장' 레시피를 소개.

요즘 떫은맛을 제거할 필요가 없다는 상품도 판매되고 있지만, 봉투에서 꺼내 냄새를 맡아보면 역시나 뜨거운 물에 데쳐서 떫은맛을 빼고 싶어진다. 데친 다음, 부엌가위로 짧게 자르면 집어 먹기에 좋다.

볶음은 썰어낸 붉은 고추를 더하면 알싸해서 맛의 포인트를 줄 수 있다.

초된장은 실곤약과 궁합이 좋은 양념. 시판되는 초된장을 사용하면 더욱 간편하게 만들 수 있다.

모두 입가심이 될 만한 요리로, 어떠한 알코올과도 잘 어울린다.

실곤약 볶음 & 실곤약 초된장 만드는 법

양념 (간장 설탕 술) / 잘게 자른 소고기

양념을 넣고 볶으면 완성

실곤약과 소고기를 볶는다

프라이팬에 기름을 두르고 가열

실곤약을 데쳐 떫은맛을 뺀다

소쿠리에 넣고 가위로 짧게 자른다

그릇에 된장 식초, 설탕을 넣고 섞는다 (식초 / 설탕 / 된장)

그릇에 실곤약을 담고

초된장을 뿌리면 완성

제6화 사랑스러운 반려동물

꿀꺽 꿀꺽

푸하

자,
여기.

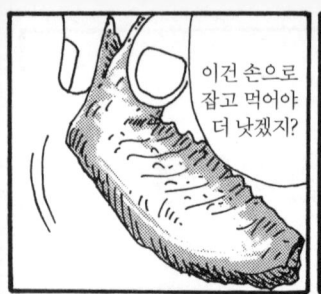
이건 손으로 잡고 먹어야 더 낫겠지?

오, 왔다.

닭날개 조림.

우물
우물

하
암

역시 이곳 닭요리는 최고야

음. 탱글거리면서도 살이 보들보들.

푹 조려서 살아 잘 풀리네요.

토모미츠도 어때?

맛있게 먹네?

55

어땠어?

정말?
보기 드문 곳이네.
고양이가 있는
가게는 가끔 보지만.

얼마 전에
객실에 개가 있는
이자카야에
간 적이 있군.

개 하니
말인데

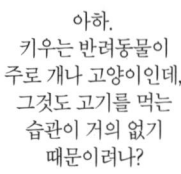

아하.
키우는 반려동물이
주로 개나 고양이인데,
그것도 고기를 먹는
습관이 거의 없기
때문이려나?

작은 치와와인데
방석에 앉아
가만히 우릴
보지 뭐야.

얌전하더
라고.

개를 먹는
식문화도
없진
않지만.

나도 우리 집 고양이랑
한동안 떨어져 있으면
만나고 싶어서
그리워지긴 하니까.

싫어하는
사람도
있지 않나?

그런데
개중에는
무는 개도
있으니

귀여
운걸?

잠시도
떨어지고
싶지 않은
건가?

그 가게 사장님이
개를 좋아하셨나
보네.

아무렇지도
않았지만.

우린 개를
키우니

56

57

먹이는 1주일에 1번만 주면 그만이고, 산책도 필요 없어.

울지도 않고, 짖지도 않고, 할퀴지도 않고, 동물 특유의 냄새도 없지.

파충류!

소형 비단구렁이를 키우고 있어.

실은 우리

파, 파충류는 좀….

안 돼요, 안 돼!!

헉ㅡ!!

네에 ?!

그만둬 ~!!

손객과 함께 강아지 배우는 자마철밤

소다츠

난 좋아 하지만.

절대 안 됩니다!

가게에 데리고 올까?

다음 부터

그런데 일하고 있으면 떨어져 있기가 섭섭해서 그런데

여기서 잠깐 ⑥ 「사랑스러운 반려동물」

1년 정도 전부터 딸이 작은 새를 키우기 시작했다. 가까운 곳에 반려동물이 있기는 오랜만이다.

딸은 처음에 '이제 닭고기는 먹기 싫어질지도 모르겠다'라고 말했지만, 실제로는 그런 일 없이 지금도 닭고기를 잘 먹고 있다.

작은 새는 다른 건물에서 살고 있어 나는 하루 종일 함께 있지는 않지만, 아침저녁으로 접하다 보니 나름 참 귀엽다. 그렇지만 닭고기는 여전히 잘만 먹는다. 그래도 작은 새가 온 이후로 먹지는 않았지만, 참새구이 같은 음식이 눈앞에 있다면 아무래도 작은 새가 떠오를지도 모른다.

돼지나 소를 반려동물로 삼은 적은 없지만, 만약 키우게 된다면 역시 고기를 먹지 못하게 되는 걸까? 그렇게 될 가능성이 있다면 역시 키우지 않는 편이 좋겠다.

그런데 *사카나군(*사카나군: 일본의 어류학자, 탤런트, 일러스트레이터)이라고 하면 무척 물고기를 좋아하는 것으로 알려져 있는데, 사카나군은 물고기를 먹는 것도 좋아한단 말이지.

그게 사카나군의 대단한 점이라고 할지, 신뢰할 수 있는 점으로, 좋아하는 것과 먹는 것은 결코 모순되지 않는다고 본다.

동물이든 식물이든, 우리는 먹지 않고는 살아갈 수 없다. '가여우니까 못 먹는다'라는 심정은 자신의 생존을 위협하는 부조리한 말일지도 모른다.

제7화 튀김덮밥 소우주

맥주
입니다.

델신

꿀꺽

크~ㅎ

꿀꺽
꿀꺽
꿀꺽

60

새우, 보리멸, 붕장어,
가지, 풋고추.
좋아하는 재료투성이야~.

으하
하하!

…인척
하면서

뭐부터 먹을까?
새우…

가지~.

새우
!!

그다음은
드디어

역시 이건 최대한
뜨거울 때
먹어줘야 해.

으~음.
튀김옷 안의
과즙이
녹진녹진.

우물
우물

바삭한
튀김옷 안에
새우 살이
탱글탱글.

우후후.

양념이
스며든 밥도
먹는다.

냠 냠

튀김을
하나 먹을
때마다

소다츠의
튀김덮밥
먹는 법은…

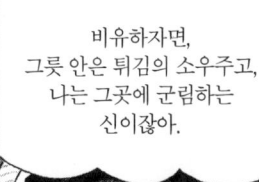

비유하자면, 그릇 안은 튀김의 소우주고, 나는 그곳에 군림하는 신이잖아.

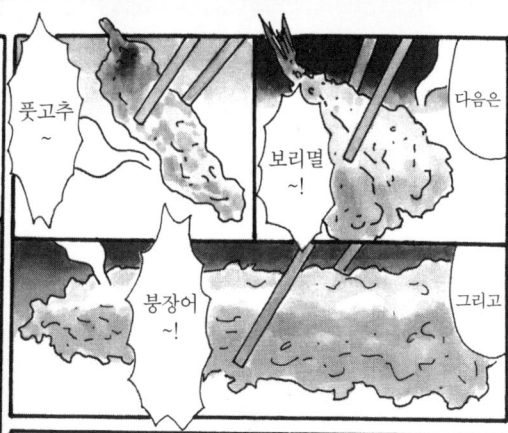

풋고추~

다음은

보리멸~!

붕장어~!

그리고

튀김 재료가 다 모여 있는 튀김덮밥은 유독 더 신이 난다니까.

하나씩 나오는 튀김도 좋지만

좋아하는 음식에 몰두할 때는 휴대전화는 잠시 꺼두십시다.

짬뽕은 밤
보리멸의 꼬리가
하늘 향했네

소다츠

감사합니다.

사장님. 잘 먹었습니다. 튀김덮밥 맛있었어요.

역시 꺼두길 잘했어.

전화 2건, SNS 메시지 3건….

그러면…

여기서 잠깐 ⑦ 「튀김덮밥 소우주」

튀김덮밥(덴동)뿐만 아니라, 장어덮밥, 돈가스덮밥, 오야코동(닭과 계란을 올린 덮밥), 소고기덮밥 등, 덮밥 종류는 모두 그 하나로 완결된 소우주를 형성하고 있고, 맛도 무척 좋다.

단, 완결되기 위해 반드시 필요한 요소가 있다. 바로 뚜껑이다. 뚜껑을 덮어야 비로소 완결되는 법이다.

따라서 탁자에 덮밥 종류가 나오면 반드시 뚜껑이 덮여 있어야만 한다.

가게에 따라서 뚜껑이 있기도 하고 없기도 하지만, 소고기덮밥 집에서는 소고기덮밥에 뚜껑을 덮은 모습을 본 적이 없다. 빠르고 싸고 맛있어야만 하는 패스트푸드 가게의 소고기덮밥이라 해도 나는 역시 뚜껑이 있었으면 한다.

뚜껑은 덮여만 있으면 그만으로, 꼭 완벽히 그릇을 막고 있을 필요는 없다. 오히려 재료가 밖으로 삐져나와 있는 정도가 바람직하다.

그 자체로 완결되려고 하면서도, 완벽히 완결되지 못한 그 틈새가 가슴을 확 자극해 식욕을 돋운다.

특히 튀김덮밥. 새우튀김의 꼬리가 뚜껑 밖으로 두 개 정도가 튀어나와 있는 광경을 보면 도무지 참을 수 없다. 찬합 뚜껑은 꽉 닫혀 있어야 하지만, 덮밥의 뚜껑은 대각선으로 기울어 있어야 더 좋다.

음식이 나오면 뚜껑을 열고 먹으면 그만. 그 시점에 이미 뚜껑은 필요 없는 존재지만, 바로

회수해 가면 왠지 서운하다. 다 먹을 때까지 옆에 있어 줬으면 한다.

사랑한다, 덮밥의 뚜껑아~!

제8화 파프리카 코스(전편)

아무데나.

어디로
갈까요?

응.
눈이 핑핑
돌 만큼
뺐으니까.

기진맥진
이에요~.

그러면

얼른 맥주로
목을 축이고 싶어.

생맥주 나왔 습니다.

전문 이자카야

여기 어때요?

베지데이

건배 하실 까요.

너~무 지쳤어~.

좋아

꿀 꺽 꿀쩍 꿀 꺽

몸이 자극이 강한 음식을 원하고 있어.

이제 술안주 시킬까.

크 하~ 야

야채 전문 이자카야?!

우리 가게는
야채 전문
이자카야입니다.

메뉴는
오마카세 코스 요리
하나입니다.

이번 달 특선 야채

아, 아니?!!

어?!

이걸 봐봐

왜 그러세요?

이런 야채로
코스 요리를
만들 수
있긴 한가?

거의 관심을
가져본 적이
없는 야채야.

그리고
이번 달
특선
야채는

오마카세
코스뿐….

파프리카
라니.

이번 달 특선 야채

파프리카

파프리카.

이바라키현 안심 농원산

설탕은 가능한 한 줄였습니다.

파프리카의 달콤함을 살려

파프리카 피클이에요.

응. 거기다 식초가 더해져 그런지 산뜻한 맛이 나.

술안주로는 설탕의 단맛이 덜 나야 더 좋네요.

정말로

파프리카, 의외로 괜찮은데요?

응. 제법 괜찮은 야채일지도 몰라.

여기 있습니다.

알겠 습니다.

여기서 찬술로 바꿀게요.

가게 앞줄인 파프리카 눈부셔 여름 나무숲

소다츠

후편에서 계속

70

여기서 잠깐 ⑧ 「파프리카 코스(전편)」

파프리카란 야채를 명확히 인식하기 시작한 시절이 언제였을까. 비슷한 야채인 피망은 어릴 적부터 있었지만, 파프리카는 없었던 것 같다. 아니면 이미 있었지만, 어머니가 요리에 사용하지 않아 그 존재를 몰랐을 뿐일까?

좌우간 나에게 파프리카란 어른이 되어 처음 접하고 먹게 된 야채다. 그것도 그다지 자주먹지는 않는 야채.

기존에 존재하던 레시피를 보며 요리할 때, 재료가 있으면 구입하는 정도일까.

그러다가 슈퍼 판매점에서 파프리카를 손에 들고 가만히 들여다보니, 피망에 비해 과육이 무척 두꺼웠다. 그리고 가격도 싼 편이고. 색도 더 다양했다.

이 다양한 색이 포인트로, 파프리카를 사용한 요리는 몇 가지 색을 섞어 사용해야 완성된 요리가 예뻐서 더 보기가 좋다.

그래서 비교적 싼 파프리카를 한꺼번에 여러 가지 색으로 사다 보니 결국 상당한 금액이 되어 버린다. 그것도 모자라 그걸 한꺼번에 사용하지는 않으니, 냉장고 안에서 형형색색의 파프리카가 오래도록 머무는 사태가 발생한다.

물론 팍팍 요리에 사용해서 먹으면 그만이지만, 난 파프리카를 사용한 레시피를 잘 모르니말이지.(계속)

제9화 파프리카 코스(후편)

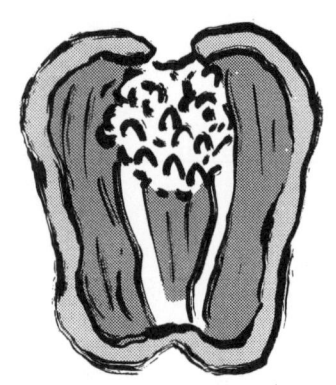

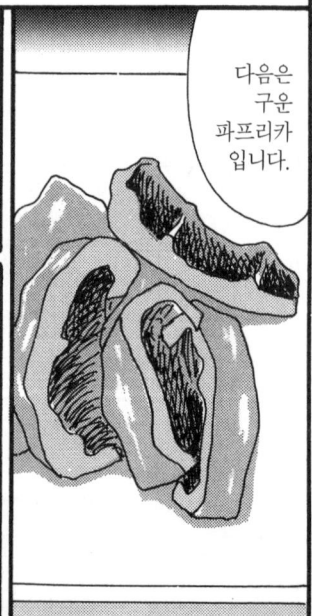

다음은
구운
파프리카
입니다.

그 탄 껍질을
벗겨낸
요리예요.

석쇠에 바깥을
새카맣게
될 때까지
굽고

소금, 참기름으로
간을 했으니,
그대로 드시면
됩니다.

그리고 이건 사케하고도 딱 맞아.

단맛이 더 강해졌어.

와, 익히니까

우물

우물

달콤하기도 하지만, 감칠맛도 강하구나?

껍질을 벗겨 그런지 식감도 더 부드러워요.

파프리카 냉포타주 입니다.

다음은

고추나 피망 같은 재료로 만든 포타주는 처음이야.

후루룩

보기 드문 메뉴네.

포타주....

파프리카
*아쓰아게
마요네즈
볶음입니다.

지금 계절에
제격이야.

향이
산뜻해요.

오늘의
메인
메뉴는

야채만 나온다니
어쩌나 했는데
의외로
만족스러워.

파프리카
하나만으로도
꽤 다양한
메뉴를 만들 수
있는걸요?

아쓰아게 덕분에
포만감도 있어서,
충분히 메인 메뉴가
될 만해요.

아쓰아게랑
조합하다니
독특해.

새우마요
파프리카&
아쓰아게판
일까요?

이 정도면
고기도 생선도
필요 없겠어.

마요네즈
소스를 두른
파프리카도
괜찮은데?

음.

*아쓰아게(厚揚げ): 두껍게 썰어서 기름에 튀긴 두부.

74

이렇게 다양한 요리를 만들 수 있는 재료였군요?

네. 파프리카는

만족하셨나요?

어떠신가요?

파프리카 덮밥입니다.

마무리는 뭔가요?

다음은 이제 마무리 음식입니다.

그렇게 말씀해 주시니 기쁩니다.

파프리카 덮밥입니다.

그런데 어떤 덮밥일까?

마무리도 역시 파프리카네요.

음식 나왔습니다.

달걀을 풀어 조리한 파프리카를 올린 덮밥일지.

튀긴 파프리카를 올린 덮밥일지.

여기서 잠깐 ⑨ 「파프리카 코스(후편)」

그런데 막상 조사해 보니 꽤 많았다. 파프리카 요리의 다양한 변주가.

역시 크고 과육이 두툼한 야채답게, 색채를 더해주는 역할 뿐만 아니라 중심적인 소재로도 자주 사용되는 야채였다.

그중에서도 특히 '파프리카 포타주'라는 음식이 마음에 들었다. 포타주의 재료로 사용하다니, 나에게는 무척 의외였기 때문이다.

그래서 실제로 만들어 보기로. 사용하는 기구는 막 새로 구입한 믹서기였다. 사실 이건 밀스(본서의 '카레와 관련된 이것저것' 참조)를 만들기 위해 준비한 물건인데, 밀스보다도 먼저 이 메뉴에 사용하게 되었다.

먼저 파프리카와 양파를 잘게 썰고, 프라이팬에 버터를 두른 다음 볶는다. 그다음 포타주용 수프를 녹여서 넣고 끓인다. 열이 식으면 믹서에 넣고 돌린다. 그걸 채에 거르고 우유를 더해 가열한다. 소금후추로 간을 하고, 냉장고에서 식혀 파슬리를 뿌리면 완성.

이런 식으로 생각보다 손이 많이 간다. 하지만 한 입 먹어 보면 놀라게 된다. 정말로 피망이나 고추의 근연종인가 의심이 갈 만큼 달고 부드럽고 맛있었으니까.

파프리카, 무시무시하다.

제10화 장마철 추위

안녕 하세요~.

어서 와. 여기 물수건.

80

스튜나 어묵탕은 밑준비가 필요해서 바로는 못 해.

아무래도 여름이다 보니⋯.

차가운 메뉴가 많네요.

전 어묵탕이 좋아요.

스튜 라든가.

여름이라도 따뜻한 음식이 좋겠지?

*히야얏코가 있다면, 그걸 끓이면 그만이잖아요.

그럼 두부전골은 어때요?

자기 멋대로네.

그리고 냉샤부샤부용 돼지고기도 넣어 주세요.

추가로 김치와 미역.

그거라면 가능은 하지.

*히야얏코(冷奴): 차가운 날두부에 가다랑어포, 생강 등의 고명과 양념을 곁들인 음식.

82

84

여기서 잠깐 ⑩「장마철 추위」

도호쿠 지방(東北地方)의 태평양 쪽과 간토 지방(関東地方)은 자주 장마철 추위를 겪게 된다.

그 원인은 '높새바람'이라고 불리는 차가운 북동풍의 습한 기류 때문이다. 이런 현상이 오래 지속되면 흉작이 되니 무척 귀찮은 놈이다.

장마철뿐만이 아니라, 한여름에도 남태평양 고기압의 세력이 약하고, 반대로 북쪽의 오호츠크 고기압의 세력이 강하면 이런 바람이 불게 된다.

장마철의 추위에 맞닥뜨리면 기분이 가라앉아서 불쾌해진다. 물론 거의 2~3일이면 추위도 끝나 후텁지근해지니 추웠던 기억은 금세 잊어버리지만.

문제는 긴소매를 정리해 뒀을 경우다. 6월이 되면 이제 괜찮겠지 싶어 반팔만 꺼내놨는데 갑자기 장마철의 추위가 닥치면 괴롭다.

따지고 보면 일본 열도의 형태가 나쁘다. 왜 간토(関東)가 부채의 중심 같은 형태로 활처럼 꺾여 있는 건지. 장마 전선은 대부분 열도를 따라 움직이지만, 간토 위에만 걸쳐 있고 다른 지방은 맑은 날씨가 계속되는 경우도 적지 않다. 그리고 장마 외에 가을에도 그런 형태의 전선이 형성되기 일쑤다.

그렇게 되면 하늘을 원망하며 술을 마시는 수밖에 없다.

제11화 햇마늘

수고하셨
습니다~.

그러면

이자카야 쿠시뗀

구시뗀

생하이

꼬치구이
각종

꼬치구이

꼬치구이

끌꺽

끌꺽 끌꺽

크

하

*쓰쿠네(つくね) : 짓이긴 어육이나 닭고기에 달걀, 녹말 등을 섞어 경단처럼 둥글게 만든 것.
**네기마(ねぎま) : 닭고기와 파를 끼워 구운 꼬치구이.

87

88

응. 일반적인 마늘에 비해 훨씬 냄새가 덜해.

냄새도 다른가요?

보통 마늘은 수확하고 건조시키지만

그럼.

햇마늘은 그냥 마늘하고 다른가요?

산뜻하고 싱그러운 맛이 나.

햇마늘은 건조하지 않고 그대로 출하하니

그리고 보통 마늘 꼬치구이를 먹었다가, 다음 날에 입안에 바짝바짝 마르는 경험을 한두 번 해본 게 아니거든.

그야 당연하지. 마늘은 마늘이니까.

망설였잖아요.

그런데도 시킬지 말지

앗, 감사합니다.

코시노, 한번 먹어봐. 하나 줄 테니까.

그런가요?

안심하고 먹을 수 있어.

하지만 햇마늘 이라면

90

91

여기서 잠깐 ⑪ 「햇마늘」

 햇마늘을 처음으로 인식하고 좋아하게 된 계기는, 몇 년 전에 NHK의 '오늘의 요리'에서 도이 요시하루(土井善晴) 선생님이 소개한 '햇마늘 밥'을 만들었을 때부터였다.

 그 레시피는 쌀 2홉을 씻어 전기밥솥에 넣고, 껍질을 벗긴 햇마늘 한 통과 소금을 조금 넣어 밥을 짓는 것.

 밥이 되면 햇마늘을 으깨서 밥이랑 뒤섞어 뜸을 들여 완성.

 햇마늘은 향도 맛도 부드러워, 무척 부담 없는 갈릭라이스가 완성된다. 반찬이 없어도 훌떡훌떡 먹을 수 있을 만큼 맛있다.

 그 이후로 완전히 햇마늘의 팬이 되었는데, 우리 집 근처 슈퍼에서는 오랫동안 취급을 하지 않아, 조금 멀리 떨어져 있는 농협 매점이나, 근처 농가의 무인 판매점에서 입수하곤 했다.

 그런데 올해부터 근처 슈퍼에서 햇마늘을 취급하기 시작했다.

 기쁜 마음에 잔뜩 사와서 햇마늘 밥을 비롯해 햇마늘 삼매경에 빠졌는데, 너무 많이 샀는지 결국 남아서 처치 곤란이 되었다.

 그 남은 햇마늘은 지금 냉장고 안에서 묵은 마늘로 진화한 상태다….

제12화 신경 쓰이는 불결함

푸아

꾸꺽 꾸꺽 꾸꺽 꾸꺽

자, 여기.

요즘 날이 갈수록 더워지네요.

와, 보기만 해도 시원해지는 느낌이야.

양태 *아라이.

음~. 차갑고 쫄깃한 흰살 생선의 이 식감.

이건 사케랑 같이 먹어야겠어.

쫄깃

쫄깃

술잔도 요리 그릇도 유리가 대활약하는 계절이 됐구나.

쪼르

쫄 쫄 쫄.

그런데

역시 찬술이 어울리네!

후우.

*아라이(あらい) : 찬물에 씻어 오돌오돌하게 만든 생선회.

94

95

내 가방이나 코트도 절대 깨끗하다고는 할 수 없잖아.

난 별로 신경 안 써.

더러운 창고 안의 맥주 박스 위에 아무렇게나 놓아두지 않을지 걱정이 되곤 하지.

가게가 준비해 놓은 슬리퍼.

좌식 자리에서 화장실까지 갈 때 신으라고

내가 또 불결하다고 생각하는 물건은

나도 그건 정말 싫더라.

도저히 신을 기분이 안 나더라고.

수많은 사람이 신고 화장실을 들락날락거렸다고 생각하면

이와마는 너글너글해서 좋겠어.

고마울 정도인데.

난 오히려 굳이 내 신발을 신고 화장실에 가지 않아도 되니까

어? 그럼 일일이 자기 신발을 신고 가요?!

97

여기서 잠깐 ⑫ 「신경 쓰이는 불결함」

　보통 술에 취하면 사소한 일에는 신경 쓰지 않지만, 사실 난 취하기 전부터도 사소한 일에는 신경을 안 쓰는 경향이 있다.

　주점에 들어가 앉자마자 이제부터 술을 마신다는 기쁨에 유리잔이 더럽든 안 더럽든 눈이 잘 가지 않는다.

　하지만 날카롭다고 할지, 세심하다고 할지, 유리잔의 얼룩이나 흠집을 재빨리 발견해 교환하는 사람도 분명히 존재한다. 아니, 그런 사람이 오히려 다수파일지도 모른다.

　그러나 세상에는 더욱 예민한 사람도 많이 있는지, TV에서는 그런 사람들을 모아 놓고 그게 싫더라, 그게 기분 나쁘더라 같은 의견을 말하게 하는 방송도 있는데, 그걸 보다 보면 매일 힘들어서 어떻게 사나 싶기도 하다.

　하지만 이런 나도 어릴 적에는 아무리 부모님이나 형제라도, 남이 입에 댄 컵이나 그릇은 물론, 씻은 식기조차도 내 전용 젓가락과 그릇이 아니면 절대 사용하지 않으려고 했다.

　당연히 친구끼리 음식, 음료를 돌려서 먹고 마시는 일은 상상조차 하지 못했다.

　그랬던 사람이 지금은….

제13화 감자튀김(전편)

101

저도 진짜 좋아해요.

다 같이 먹게.

물론 이지.

저도 좀 먹어도 될까요?

있으면 안 먹고는 못 배겨요.

다이어트에는 안 좋지만

역시 방금 튀겨서 맛있는걸?

음~.

남은 감자튀김은 항상 내가 먹었었지.

아이들은 다 먹질 못하니

애들 음식 이라면서.

당시에는 좀 무시했었어.

옛날, 아이들이 어렸을 때 햄버거 가게에 데리고 가면 꼭 감자튀김도 시켰지만

여기서 잠깐 ⑬ 「감자튀김(전편)」

쇼와 시대(1926~1989)의 고도성장기에 어린 시절을 보낸 우리 세대는 식문화가 급변하는 과도기를 체험했다고 해도 과언이 아니다.

이후의 세대에게는 당연한 식문화가 우리 세대 때는 아직 없었거나, 그 융성하는 과정을 고스란히 지켜본 사례가 적지 않다.

그 현저한 사례가 바로 햄버거와 그 부식인 감자튀김이다.

햄버거라는 이름을 처음 듣게 된 건 TV애니메이션 '뽀빠이'에서였다. 뽀빠이의 조연인 윔피가 무척 좋아하는 햄버거라는 음식을 산더미처럼 쌓아놓고 계속 먹는 광경을 몇 번이고 본 적이 있는데, 당시에는 햄버거가 대체 무엇인지 전혀 감도 잡지 못했다.

그 실물을 직접 보고 먹게 된 시기는 맥도날드가 일본에 상륙해 겨우 정착하기 시작했던 고등학생 시절로, 감자튀김을 처음 먹어 본 시기도 그쯤이 아닐까 한다.

어린이 시절부터 먹지 않아서 그런지, '감자를 가늘게 잘라 튀긴 음식'이라는 인상밖에는 남아 있지 않다. 좋아하지도 않지만, 싫어하지도 않는다. 나에게 감자튀김이란 그런 음식이다.

그런데 새삼 다시 맛을 보니 술안주로는 꽤 괜찮은 음식이다. 정말 새삼스럽긴 하지만….

제14화 감자튀김(후편)

아니야.
또 주문하면
되지 않나.

이번엔
한 사람당
한 접시씩
시킬까?

죄송해요.
과장님이 기대하신
음식인데
순식간에 다 먹어
버려서….

죄송
합니다.

일단 먹기
시작하면
자꾸만 손이
가서요.

자, 남은 술안주를 일단 해치우죠.

다른가게에서 새로 감자튀김을 시켜볼까요?

과장님. 그러면

이 근처에 감자튀김 잘하는 가게가 있거든요.

응?!

다시 건배 할까요?

레몬사워 맛있는 걸요?

주점 포플러

OPEN

주점 포플러

108

음~. 표면은 바삭하게 튀겼는데, 안은 놀라울 정도로 부드러워.

자, 바로 먹어 볼까.

그야 그런가.

뭐야, 그런거 였나.

부끄럽군

우물

우물

투

욱

유독 잘 아는걸? 미우라.

못 먹겠다는 둥 했으면서

우유나 생크림을 넣어서 그런가 봐요.

매시트로 만들려고 으깰 때

프렌치프라이라고 하면 어른스러운 음식 같이 들리지 않을까요?

과장님. 감자튀김이 아니라

그리고 감자튀김은 레몬사워하고도 잘 어울리는군.

매시트 포테이토라고 하길래, 부자연스러운 맛이 나면 어쩌나 걱정했는데 이건 이거대로 맛있어서 다행이야.

똑같은 음식이라도 뭐라고 부르는가에 따라 인상이

응? 잠깐만.

미국에서 부르는 감자튀김 호칭이에요.

프렌치 프라이라니?

호오. 그렇게 부르니 좀 세련돼 보이는 것 같기도 하는데?

미국인은 프랑스라고 생각해 그렇게 부른다나 봐요.

감자튀김의 발상지는 여러 설이 있지만

피시 앤 칩스입니다.

LOWLANDS

오래 기다리셨습니다.

여기서 잠깐 ⑭ 「감자튀김(후편)」

명칭을 일단 정리해 두기로 하자.

감자튀김의 발상지는 벨기에라고 한다. 원래는 작은 생선을 튀겨서 먹었는데, 어획량이 적은 흉어일 때 감자를 튀겨서 먹었고, 그게 식문화로 정착되었다고 한다. 벨기에에서는 '프리츠'라고 부른다고 한다.

그 벨기에의 음식을 어째서 '프렌치프라이'라고 하는가 하면, 미국에서는 감자를 튀기는 벨기에 출신의 요리사를 프랑스 출신이라고 착각했기 때문이라고 하는데, 정말일까? 좌우간 그 이후로 미국, 캐나다에서는 '프렌치프라이'라고 부르게 됐다고 한다.

정작 프랑스에서는 '프리트'라고 부른다는 모양이다. 이 '프리트'도 벨기에의 '프리츠'도 튀김 전반을 가리키는 말이라는데, 감자를 튀긴 음식이 그 튀긴 음식의 대명사가 되었다는 걸까?

그리고 영국에서는 '칩스'. 그렇다면 '포테이토 칩스'는 뭐라고 부르는가 하면, '크리스프'라고 한다.

일본의 '프라이드 포테이토', '포테이토 프라이'는 일본에서만 통하는 영어라고 한다.

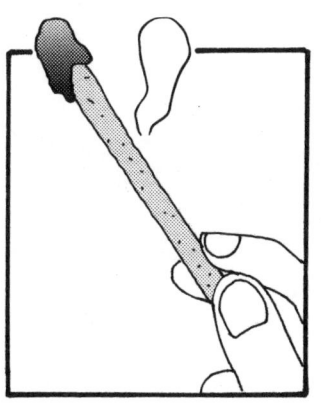

제15화 값싼 장어

그런데
서일본에서는
갯장어의
계절이지?

그 마음
알지.

회사원을
그만둘
결심이
서질
않아.

응. 막상
하려니
쉽지가
않더라고.

타케노마타.
사케바
바텐더는
아직이야?

아~!
먹고 싶다.
장어.

도쿄보다
싸지 않아?

장어는
?

응. 문제는
질 좋은 갯장어는
비싸서 말이야.

그런데
요즘 들어
점점 가격이
비싸지고
있으니.

교토는 물론
오사카에서도
비싸더라고.

아니,
비싸!

3300엔

4600엔

116

요즘엔 가격이 그 정도 되니 안 데리고 가 주시더라고.

예전에는 과장님이 사 주기도 하셨는데

장어 가게의 장어덮밥은 요즘 싸도 4000엔 전후고, 조금만 고급이 돼도 6000엔 이상이니

내 말이.

매(梅) 3850엔

도저히 사 먹을 엄두가 안 나.

특상 6200엔

맛이 많이 떨어지니 사고 싶은 기분이 안 들고.

슈퍼는 장어 가게보다야 싸지만

장어 가바야키 2200엔

방법은 없을까?

먹을 수 있는

장어를

어떻게

겨우겨우 1000엔 미만의 가격으로 먹을 수 있으니까.

예전보다야 비싸지만

장어덮밥 900엔

소고기덮밥 가게에 가는 거야.

제일 싸게 먹을 수 있는 방법은

장어 가격이 폭등하기
시작한 이후로,
다른 생선이나 야채를 이겨
장어 *가바야키처럼 만든
음식이 유행하기도 했었지?

장어가
너무 작아서
만족이 안 돼.

그런데
소고기덮밥집
장어 1인분은

싫거든?
그래선 붉은
초생강 덮밥이나
마찬가지잖아.

붉은 초생강3,
장어1 비율로
먹는 거야.

붉은 초생강을
가득 넣어
먹으면 어때?

바로 그거야.
아무리 노력해 봐야
장어는 될 수
없다는 거지.

가지
가바야키니
하는 거
말이지?

아. 메기
가바야키니

그만큼 장어가
특별한 존재라는
말이겠지만.

나름 맛있어서
감탄했어.
장어 맛은
안 나지만.

다른 재료를 이겨서
장어 가바야키처럼
만든 제품을
먹어 봤는데

*가바야키(蒲焼き) : 뱀장어, 갯장어, 미꾸라지 등을 잘라 뼈를 바르고 토막 쳐서 양념을 발
라 꼬챙이에 꿰어 구운 요리.

118

여기서 잠깐 ⑮ 「값싼 장어」

장어는 비싼데, 최근에 비싸진 건 아니다.

간장과 설탕이 일반화되어 장어 가바야키라는 음식이 정착된 시대는 에도시대(1603~1868)인데, 당시부터 이미 장어는 값비싼 음식이었다고 한다.

그런데도 인기 만점이었다고 하니, 옛날부터 장어가 얼마나 매력적인 음식이었는지를 알 수 있다.

그 이후에도 손님을 대접하기 위해 장어 배달을 시키는 등, 초밥과 더불어 고급 음식의 대명사로 통했다.

그러나 최근에는 값의 폭등이 도저히 감당하기 힘든 수준까지 왔다.

몇 년 전부터 치어인 실장어의 기록적인 흉어가 계속돼, 그때 값이 폭등하고 말았다. 그 이후에는 약간 어획량이 늘었지만 한 번 오른 가격은 돌아올 생각을 하지 않는 중이다.

거기에 더해 코로나 사태로 인해 외식하는 사람이 줄어들자, 더욱 가격을 올리는 가게도 나타났다.

결국 2022년 현재, 장어덮밥의 평균 가격은 4000엔 이상이다. 품질이 좋은 장어를 쓴 장어덮밥은 5000엔대, 심지어는 6000엔대도…. 이 정도까지 오면 손님에게 내놓기도 망설이게 된다.

그런 시대의 구세주가 소고기덮밥집과 꼬치구이 가게와 회전초밥이다. 우리는 과연 언제까지 장어를 먹을 수 있을지….

제16화 얼음이 들어간 맥주

장군!

맴─

맴─

맴─

예서.

소다츠 명인. 술 준비를 부탁하오.

123

125

지금 마작 끝나고 집에 가는 길인데, 혹시 필요한 거 있어?

에라이!

있고말고! 맥주 사와, 맥주!

아주 차가운 걸로!!

그냥 얼음을 넣어 마실 수밖에 없는 건가?!

다시 건배하죠.

벌컥

벌껌벌껌

쫄 쫄쫄

여기서 잠깐 ⑯ 「얼음이 들어간 맥주」

'냉장고에 차가운 맥주가 없어…' 같은 사태가 발생하지 않도록, 항상 난 조심하고 있다. 하지만 조심을 해도 가끔 '아차' 싶을 때가 있는 것도 사실이다.

그럴 때는 과연 어쩌면 좋을까.

가장 빠른 방법은 본편에도 나온 방법인, 얼음 안에 캔을 넣고 빙빙 돌리는 것이다. 상상이상으로 빠르게 차가워진다. 그러나 그러기 위해서는 꽤 많은 얼음이 필요하다.

역시 짧게 냉동실에 넣어두는 방식을 제일 많이 쓰지 않을까. 하지만 이건 위험하다. 생각보다 빨리 식지도 않고, 사케나 다른 술을 마시기 시작하면, 냉동실에 맥주를 넣어놨다는

사실을 새카맣게 잊어버려 꽝꽝 얼어버리니까(그럼 처음부터 굳이 맥주가 아니라도 괜찮잖아).

그리고 가장 해서는 안 되는 방법이 바로 얼음을 직접 넣는 것이다. 너무 맛이 없으니까. 그렇게 마시느니 미지근한 맥주를 그냥 마셔라라고 말하고 싶을 만큼 맛없다. 그러니까 차가운 맥주가 떨어지지 않도록 매일 부지런하게 살아야 한다.

단, 한겨울은 별개다. 맥주를 상온에 놓아두는 장소가 냉장고보다 더 시원한 장소일지도 모르니….

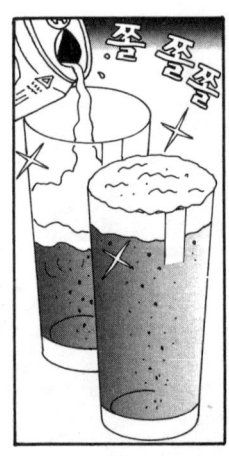

제17화 유바(전편)

수고
하셨
습니다~.

건배~.

*치킨 난반(チキン南蛮) : 닭고기 튀김을 단 식초에 버무린 뒤, 타르타르소스를 끼얹은 튀김 요리.
*가쿠니(角煮) : 재료를 사각으로 잘라서 조리한 요리. 주로 돼지고기를 사각으로 썰어서 요리한 중국식 돼지고기 조림을 말한다.
*구미아게 : 데운 두유 위에 막이 얇게 덮이기 전에 집어 올린 유바.
**히키아게 : 데운 두유 위에 부드러운 막이 덮였을 때, 떠낸 유바.

130

132

133

이와마 선배, 아셨나요?

그리고 대두의 향이 더 강하고요.

마츠시마 씨가 말한 오믈렛이란 묘사가 정말 딱 들어맞아요.

아니. 생이니 생이 아니니는 신경 쓴 적이 없어.

생유바라는 음식이군요?

이게 바로

치가운 술과
두부껍질 먹으며
늦더위 보내

소다츠

잘못됐어요.

아무래도 사찰 요리 같은 이미지가 강했거든.

유바는 어차피 원료는 대두니까

후편에 계속

유바를 바라보는 그 시선은

기분이 들지가 않더라고.

굳이 찾아서 먹어 보자는

134

여기서 잠깐 ⑰ 「유바(전편)」

일본에서 유바(두부껍질)의 명산지로 꼽히는 곳이라면 교토(京都)와 닛코(日光)다.

교토에서는 '유바(湯葉)'라고 표기되며, 전국적으로는 이게 주류지만, 닛코에서는 표기가 조금 달라 '유바(湯波)'다.

데운 두유의 표면에 막이 펼쳐진다는 점을 고려하면 '유바(湯波)'란 표기도 납득이 된다.

유바는 대륙에서 출발해 교토로 전해져 사찰 요리의 재료로서 엔랴쿠지(延曆寺) 주변에서 발달했다는 말은 쉽게 이해되지만, 닛코에는 어떻게 전해져 명물이 되었는가?

확실한 이유는 알 수 없지만, 에도막부의 강력한 비호를 받으며 닛코에 절과 신사가 많이 세워졌기 때문이 아닌가 한다.

교토와 닛코는 만드는 방법부터 다르다고 한다. 교토가 막의 가장자리에서부터 떠올리는 데에 비해, 닛코는 한가운데에서 막을 접히게끔 떠올린다고 한다.

그래서 닛코의 유바는 2중이라 두꺼운 데다, 그 사이에 두유가 들어가 고급스러운 식감이라고 한다.

사실 난 닛코에는 딱 한 번 가봤을 뿐이고 닛코의 '유바(湯波)'도 먹어 보지 못했다. 과연 앞으로 닛코에서 '유바(湯波)'를 먹을 기회가 있을까?

제18화 유바(후편)

최고봉에 위치하는 음식이라 해도 과언이 아닌 존재예요.

네. 유바는 대두가 원재료인 식품 중에서도

내가 유바를 바라보는 시선은 잘못됐다고?

유바를 어떻게 만드는지는 아시죠?

어째서?

최고봉 ….

짜면 나오는
두유를 중탕으로
천천히 가열하면

두유를 가열하면
표면에 떠오르는
막이었지?

분명...

표면에
막이
생기는데

두부와
마찬가지로
으깬 대두를
삶고

네.

네~?
그랬어요?

두유 성분도
지방분도 많아
무척 농후하죠.

그게
구미아게
유바로

먼저 서서히
단단해지려고
할 때

다음으로
온도를 조금
더 올리면

그거
였군요?

오믈렛 같은
식감이었던
이유가

두유를
휘감으며
젓가락으로
집어 올려요.

137

두유의 촉촉함이 남아 있으면서도 식감이 살아 있어 씹는 맛이 좋죠.

나무틀 전반에 막이 형성되는데

그걸 손으로 들어올려

이게 히키아게 유바죠.

막대기에 걸어 놓으면

곧장 볶거나 야채를 말아서 먹을 수도 있고

국물을 쉽게 머금기도 하니 편리한 재료죠.

둘 다 아닌 것 같은데요….

예전에 제가 먹은 유바는

사시미(회) 유바라고 불리기도 해요.

이 두가지가 생유바로

건조 유바는 오래 보존할 수 있어, 그걸 다시 되돌려 요리에 사용하곤 해요.

그건 떠낸 유바를 말린 건조 유바겠죠.

와, 마츠시마 씨 덕분에 또 하나 새로운 맛을 만나게 됐네.

안 그래? 코시노.

?

말씀대로 입니다.

아, 아니요

코시노, 왜 그래?

차가운 놀과 여름의 끝자락에 유비 삼매경

소다즈

여기서 잠깐 ⑱ 「유바(후편)」

유바(두부껍질)라는 이름의 유래에 대해서는 막에 잡히는 주름이 노파의 주름 같아서 늙은 여자란 뜻의 '우바(姥)'라는 한자가 변형되었다든가, '우와모노(上物)'의 '우와'가 변형되었다든가 여러 가지 설이 있다.

'우바(姥)'가 유래인 이름이라면 함박조개를 가리키는 '우바가이'가 있는데, 왠지 나이 많으신 여성에게 실례가 되는 듯해 별로 좋은 이름은 아닌 듯하다.

우와모노(上物)는 토지의 위에 서 있는 건물을 가리키며, 두유 위에 펼쳐진 막을 건물이라 본다면 무리가 없는 유래라 할 수 있다. 또한 질 좋은 두부를 가리킬 때는 같은 한자라도 '조모노(上物)'가 된다.

결국 어원은 불확실하다. 단지 빌려온 한자에 지나지 않지만 '유바(湯葉)'나 '유바(湯波)'라는 표기도 깔끔해서 좋지 않을까도 한다.

유바는 대두 제품이라서 두부나 두유와 마찬가지로 식물성 단백질을 섭취할 수 있는 식품이다. 더욱이 비타민과 엽산 등은 응축해서 만드는 만큼 두부보다도 풍부하다고 한다. 굳이 건강을 위해 섭취할 필요가 있는 음식은 아니지만. 각설하고, 갑작스럽게 마츠시마 씨의 매력에 사로잡힌 코시노 군인데, 과연 소다츠는 눈치챘을까…?

유바를 한창

음식재료연구

즐기는 시기

젊은 시절에는 유바(두부껍질)를 특별히 의식하며 먹지도 않았고, 존재 자체는 알고 있었지만 원료가 무엇이고 어떻게 만드는지도 전혀 관심이 없었다.

그 이후에 교토와 닛코의 명물이라는 지식 자체는 얻게 되었지만, 여전히 아무런 흥미도 없었다.

유바에 관심을 가지게 된 계기는, 생활협동조합(이하 생협)의 택배로 사시미 유바, 토로 유바라는 종류의 생유바를 별생각 없이 주문해 본 이후였다.

별로 기대도 안 하고 먹어 본 생유바의 식감과 풍미는 그때까지 먹을 기회가 많았던 건조유바와는 전혀 달라 약간 충격을 받기까지 했다.

그 이후로 카탈로그에서 유바를 발견하면 꼭 주문해서 저녁 술의 친구로 삼고 있다.

이 생협의 생유바는 두유 성분이 많은 '구미아게' 타입과 비교적 수분이 적은 '히키아게' 타입, 이렇게 두 가지가 있는데, 두 가지 모두 각각의 맛이 있으며 맛도 좋다.

먹는 법은 항상 와사비간장에 찍어서. 함께 마시는 술은 사케다.

▲ 생협의 '구미아게' 타입 유바.
두유 성분이 가득하다.

▲ 역시나 생협의 '히키아게' 타입 유바.
'히라유바(平湯葉)'라고도 한다.

생선 이외에 '사시미(회)~'라는 이름이 붙는 음식이라면 '사시미 곤약'이 대표적인데, 생유바를 맛보면 왜 '사시미 유바'라고 불리는지 쉽게 알 수 있다.

이처럼 생유바를 친숙하게 먹어 보면, 예전에 별 관심도 없었던 건조 유바에 대한 인식도 변화하기 마련.

같은 원료인데도, 생유바와는 전혀 다른 식감이며, 맛도 서로 다르다. 그러니까 단순하게 뭐가 더 맛있다고는 말할 수 없다.

유바라고 하면 전형적인 일본 요리의 소재라는 인식이 있지만, 굳이 일본 요리가 아니라도 다양한 곳에 활용할 수 있다.

예를 들어 생유바를 소금과 올리브오일로 간을 해서 먹어 보면, 대두의 풍미가 그대로 살아있으면서도 살짝 이탈리아 요리 같은 맛을 느낄 수 있다. 또한 토마토와 바질을 더하면 말끔한 카프레제 같은 맛이 난다.

이렇듯 생유바는 활용도가 무척 다양한 소재다.

　유바는 가마쿠라 시대(1185~1333)에 대륙에서 전해져, 그 이후에 사찰 요리의 재료로 귀중하게 사용되었다고 한다. 교토에서 발달해 많이 먹게 된 이유도 그 때문인가.

　여기서 유바의 종류에 대해 다시 정리해 두고자 한다.

　시판되는 유바는 크게 나눠, 생(生)유바와 건조 유바, 두 가지로 나뉜다.

　생유바는 두유를 가열해 표면에 펼쳐진 막을 걷어 올려 그대로 신선한 상태로 출하한 음식을 말한다.

　두유 성분이 많이 포함되어 걸쭉한 '구미아게 유바', 수분이 적고 촉촉한 '히키아게 유바'로 크게 구별되지만, 그 중간에 해당하는 유바도 있고, 제조한 곳이 어디인가에 따라 종류는 천차만별이다.

　생유바의 특징은 신선하고 부드러운 식감이지만 대신 소비기한이 길지 못하다.

　한편 건조 유바는 생유바를 건조한 음식으로, 말린 유바라고도 하며, 건조했기 때문에 오래도록 보존할 수 있다.

　물에 넣고 되돌려 요리에 사용하는데, 생유바와는 다른 식감이 있어 별개의 음식이라고 해도 과언이 아니다.

　형태 또한 다양하며 여러 가지 이름이 붙어 있다.

　간단한 판자형은 히라유바(平湯葉). 다른 음식 재료를 말아서 조합해 사용하는 경우도 많다.

　가늘고 길게 자르고 묶어 매듭을 만든 유바는 '무스비유바(結び湯葉)'. 이건 국물이나 무침에 넣으면 조금 세련된 음식처럼 보인다.

　빙글빙글 평평하게 말고 한가운데를 가느다란 다시마로 묶은 오하라기유바(大原木湯葉). 조림에 넣기도 하며, 전골의 재료로도 이용된다.

　사실 건조 유바를 되돌려 요리에 사용할 정도로는 빠져 있지 않지만, 앞으로는 도전해 볼 생각이다.

　이렇듯 생협의 생유바 덕에 유바에 눈을 뜨게 되었는데, 최근에는 교토에서 정말 맛있는 생유바를 만났다.

　바로 교토 시내에 수많은 두부 가게 중에서 특히 인기가 많은 'T찻집'에서 구입한 '술안주 유바'라는 이름의 생유바다. 구미아게 유바를 비닐봉투에 담아 팩으로 만든 상품으로, 사서 돌아와 곧장 열어 먹어 보니, 녹신녹신한 맛이 일품이었다.

생협에서 주문한 유바보다 더욱 신선하다. 생각해보면 당연한 일로, 생협은 아무래도 포장하고 보내기까지 약간 시간이 지나고 말지만, 두부 가게는 만든 그날에 포장한 상품이니 신선도가 다를 수밖에 없다.

역시 본고장인 교토다. 이렇게 하여 교토로 갔을 때의 즐거움이 하나 더 늘었다.

이미 유바의 매력을 잘 아시는 분도 많겠지만, 아직 익숙하지 않은 분이 있다면 이번 기회에 꼭 맛을 보는 건 어떠실지.

▲ 오하라기유바를 사용한
요리에 도전하는 날도
얼마 남지 않았다…?

▲ 최근에 마음에 쏙 들게 된 유바.
신선함이 맛의 비결일지도 모른다.

소다츠의 사계절 안주

夏 풋고추 달걀볶음

매운 음식을 무척 좋아하는 분들을 위한 레시피. 그러나 제철 풋고추는 정말로 매우니 부디 조심하시길.

볶을 때 얼굴을 가까이 대는 것은 금물. 재빨리 달걀을 흘려 넣자.

매운맛을 조금 중화하고 싶다면, 토마토, 브로콜리, 목이버섯 등, 하나 더 재료를 늘려도 괜찮다.

달걀은 너무 푹 익지 않도록, 단단해지려고 하면 재빨리 한꺼번에 그릇으로.

한여름에 매운 음식은 오히려 상쾌함을 가져다준다. 얼얼한 입에는 맥주, 추하이, 하이볼 등을 호쾌하게 부어주자.

풋고추 달걀볶음 만드는 법

쌔앗까지 잘게 자른다

풋고추

풋고추를 볶는다

달걀을 흘려 넣고

달걀 3개를 풀고

후추

오믈렛처럼 구우면

프라이팬에 기름을 두른다

소금

완성

제19화 마무리로 라멘

수고하셨습니다ー!

아

아

꿀꺽
꿀꺽
꿀꺽

*앙카케: 육수에 전분을 넣어 걸쭉하게 만든 소스

149

이 고등어 초절임, 식초간이 딱 적절한걸요?
달걀말이도 폭신폭신해서 맛있어.
어이쿠. 어느새 이런 시간이군.
이만 일어날까?
그러죠.
하지만 마무리로 뭐 하나 더 먹고 싶긴 하네요.
실은 이 근처에 새로 라멘집이 생겼는데요.
아주 산뜻하고 간단한 쇼유(간장) 라멘으로
마무리 음식으로 먹기에 딱이더라고요.
어떠세요? 다 같이 라멘으로 마무리하고
해산하는 건.
마무리로 라멘이라.
아쉽지만 난 이제 몸이 마무리 음식을 원하지 않아.
자네들끼리 가면 어떤가.

저어, 저는요…

라멘 가게는 이쪽이야.

아주 가벼운 라멘이지만.

여성으로서는 밤늦게 라멘을 피하고 싶은 심정이겠지.

이만 실례 할게요!

다이어트 중이라

전문점….

여기야.

맥주는 팔지만, 술안주는 없었을걸?

음~.

라멘 말고 다른 술안주도 있나요?

혹시

라멘 후모토 FUM OTO

라멘

151

152

여기서 잠깐 ⑲ 「마무리로 라멘」

　여전히 라멘의 인기는 식을 줄 모른다. 코로나 사태로 인해 영업은 힘들겠지만, 그래도 거리에는 라멘 전문점이 넘치고, 손님도 끊이지 않는다.

　일본의 라멘은 하나의 독립된 요리 장르로 완성되어 있어, 그 덕분에 사람들의 지지를 받고 있는 게 아닐까 한다.

　라멘은 대부분 끼니를 해결하는 식사로 소비된다. 흔히 라멘은 한 그릇으로 완결되는 풀코스라고들 한다. 그래서 사람들은 라멘을 먹고 큰 만족감을 얻는 것일까.

　그러나 라멘은 하나 더, 술안주라는 측면도 있다. 마무리로 먹는 음식은 얼핏 보면 식사 같지만, 조금 다르다. 음주라는 이벤트를 마무리 짓는 일종의 의식이라고 하면 될까?

　그 의식의 슈퍼스타가 바로 라멘이다. 건더기를 술안주로 한바탕 마시고 나면, 후루룹후루룹 면을 먹고 대단원. 오늘의 축제는 끝!

　물론 소다츠처럼 면까지 술안주로 삼으며 세월아네월아 술을 마시는 술꾼도 없진 않다.(식어서 불어 버린 면도 맛있다~)

제20화 실곤약

156

맞아, 이거야 이거.

실곤약 명란젓 볶음입니다.

이런 음식은 보통 미리 만들어 두니까.

유독 빨리 나오네.

소재 자체가 좀 심심해서 문제야.

실곤약은 아무 맛도 안 나잖아.

우물 우물 우물

방금 만든 것보다 식어야 더 제맛이야.

그런데 이건

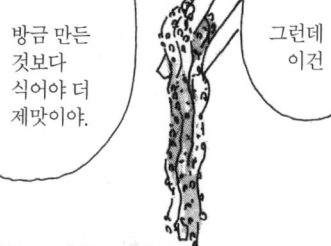

명란젓의 감칠맛과 소금맛이 절묘하게 조합됐어.

좋은데? 실곤약의 식감과

훗. 이 실곤약과 명란젓의 매력을 모르다니.

아직 입맛이 어린애구나, 사이토.

아니. 싫어하진 않아.

실곤약 싫어했어?

그에 반해 이 명란젓 볶음은 너무 심플하니 뭐가 맛있는지 영 모르겠단 거지.

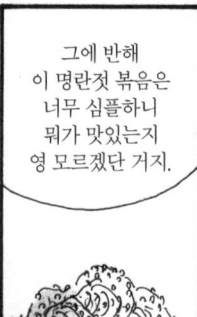

그건 전골의 국물과 스키야키의 양념 맛으로 먹는 거잖아?

하지만 전골이나 스키야키에 들어가면 나름 맛있지만

꽁치 소금구이와

실곤약이나 유바(두부껍질)를 술안주 삼아 차분히 술을 마시는 게 요즘 나의 행복이거든.

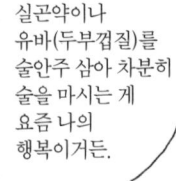

뭐라?

음식 나왔습니다.

은행 입니다.

후후~.

네가 단지 할아버지가 됐다는 소리 아니야?

158

159

와, 조림도 가능하구나.

이것도 한번 드셔보세요.

자요.

실곤약 조림.

네, 그리고 이것도 드셔보세요.

역시 명물이네.

좋네요. 붉은고추가 들어가 알싸해서 맛있어요.

초된장을 끼얹은 실곤약.

실곤약 폭포
사이를 뚫고 가니
벌레들 소리

소다츠

실곤약의 맛이 어떻게 다른지 누가 알겠냐고.

별로 실곤약의 팬은 아니니까.

당분간 실곤약은 안 먹을래

역시 뭘 좀 아시는 분이군요.

좋은 실곤약이란 걸 절로 알겠는데요?

와~. 이것도 맛있어요.

160

여기서 잠깐 ⑳ 「실곤약」

실곤약(시라타키)을 보고 우리 술꾼이 제일 먼저 떠올리는 음식은 '명란젓 무침'이나 '명란젓 볶음' 등이다. 언제 누가 고안했는지는 모르지만, 실곤약과의 최고의 조합이다.

그 이외에는 스키야키나 전골, 어묵탕 등에 들어가는 등, 주변에서 흔히 볼 수 있는 재료지만 사실은 실곤약에 관해 차분히 생각해 본 적은 없을지도 모른다.

사 와서 포장을 뜯어 보면 곤약 특유의 냄새가 나니 곤약은 곤약일 텐데, 이걸 어떻게 만드는 걸까.

조사해 보니, 곤약을 만들 때 풀 같은 액체를 곤약보다도 단단하게 만든 다음, 전용 실곤약 제조기의 원통형 통에 넣고 아래에 뚫린 작은 구멍으로 밀어낸 뒤, 펄펄 끓인 알칼리성 물에서 가열하여 응고시킨 것이라고 한다.

그 이외에도 네모난 곤약을 한천처럼 틀에 끼우고 밀어내 만드는 방법도 있다는데, 위에서 설명한 실곤약(시라타키)과는 달리 '이토콘냐쿠(糸こんにゃく)'로 구별해 부르고 있다고 한다.

내가 어렸을 때는 두 가지 모두 그냥 '오토콘냐쿠(실곤약)'로 구별하지 않고 불렀던 것 같은데.

시라타키라는 이름의 실곤약은 한자로 '흰폭포(白滝)'라고 쓰니 상당한 풍류가 느껴진다.

제21화 이자카야의 스위츠

벌컥
벌컥
컥
카ー

밤의 샛별
이자카야

가을에도 맥주는 여전히 맛있구나.

*아게다시도후(揚げ出し豆腐): 두부에 튀김옷을 입혀 튀기고 육수 또는 간장으로 맛을 낸 장국을 부은 요리.

164

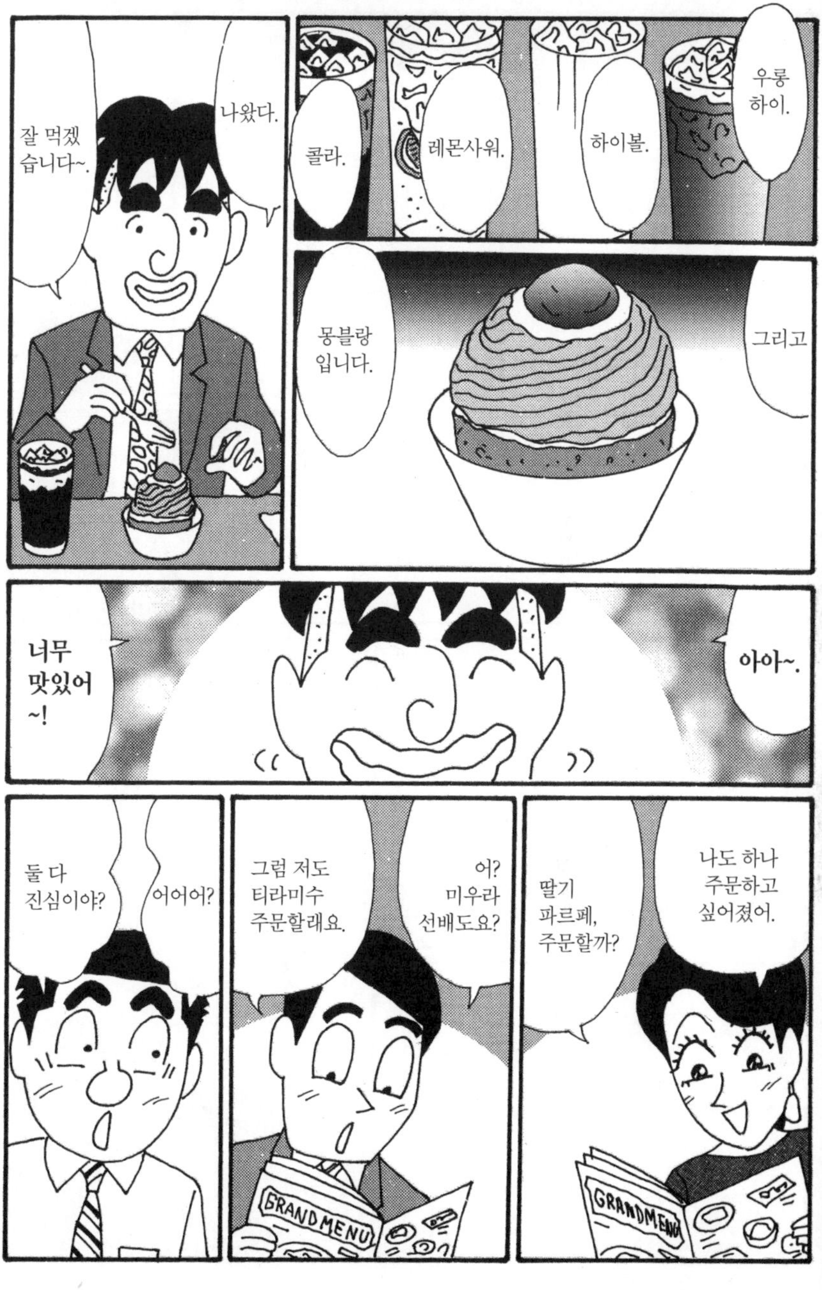
나왔다.
잘 먹겠습니다~.
우롱하이.
하이볼.
레몬사워.
콜라.
그리고
몽블랑입니다.
아아~.
너무 맛있어~!
어어어?
둘 다 진심이야?
어? 미우라 선배도요?
그럼 저도 티라미수 주문할래요.
나도 하나 주문하고 싶어졌어.
딸기 파르페, 주문할까?
GRAND MENU
GRANDMENU

티라미수 입니다.

딸기 파르페와

자, 나왔습니다.

왔다~

나왔구나!

머리가 다 아프잖아.

그만들 좀 해. 눈앞에서 셋 다 단 음식을 먹으니

한잔하면서 *스위츠를 먹어도 괜찮은걸요?

와, 역시 주문하길 잘했어.

달콤한 음식이 싫어도 아이스 정도라면 괜찮잖아요?

그러지 말고 이와마 선배도 주문하죠?

*단음식. 특히 과자, 케이크 등을 가리킨다.

167

여기서 잠깐 ㉑ 「이자카야의 스위츠」

소다츠는 달콤한 음식을 무작정 싫어한다. 그런 점에서 본다면 참으로 훌륭한 술꾼이다.

세상에는 달콤한 음식을 술과 동급으로 좋아해, 달콤한 음식을 술안주 삼아 술을 마시는 사람들도 적지 않게 존재한다. 그거야 취향의 문제니까 불평할 이유는 없지만, 왠지 모르게 단 음식을 좋아하는 술꾼은 약하게 보이는 반면, 소다츠처럼 단 음식을 싫어하는 사람은 멋있어 보인다.

나는 소다츠와는 달리 단 음식을 좋아하는 사람의 한 명이다. 만주, 양갱, 모나카, 킨츠바, 스아마, 네리키리, 도라야키, 앙금빵, 단팥죽, 젠자이, 미타라시당고, 카스테라, 케이크, 슈크림, 타르트, 푸딩, 파르페, 바바루아, 파이, 월병, 망고푸딩 등, 뭐든 다 좋아한다.

그리고 이 대부분의 단 음식을 술안주 삼아 술도 마신다. 소다츠가 보기엔 술꾼이라고 부르기에도 민망한 놈이겠지만.

그런 달콤한 음식을 좋아하는 술꾼에게 있어 체인점 이자카야의 충실히 갖춰진 달콤한 메뉴들은 대환영하는 바이다. 특히 케이크 종류를 위스키와 함께 먹으면 그렇게 좋을 수가 없다.

그런 나이긴 하나, '스위츠'라는 말만큼은 도저히 받아들이기가 힘들다. 왠~지 모르게 부끄러워서~.

제22화 순한맛 카레(전편)

벌컥
벌컥
꺽

자,
음식 나왔어.

코
라
하

코
즈
에

주점
코즈에

171

야호
~!

가게에 들어왔을 때부터
왠지 카레 냄새가
난다 싶더니
카레였군요.

역시
카레구나.

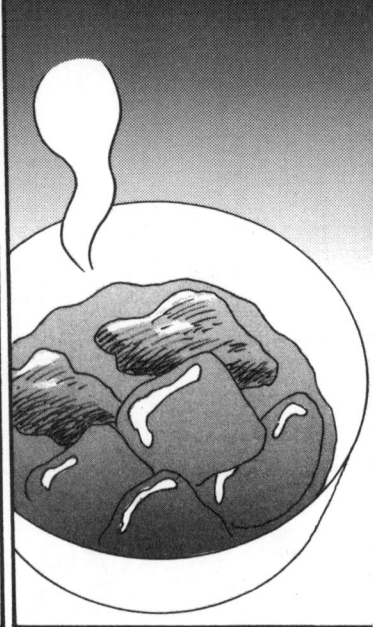

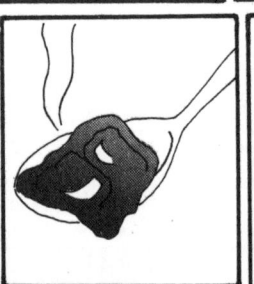

내가 아주 좋아하는
얇게 자른 돼지고기랑
감자랑 당근이 들어간
순한맛 카레예요.

너무
맛있어
~!!

아아,
이거야
이거.

172

오마치 씨랑 이와마 씨도 어때요?

맞아. 이렇게 많으니까

그건 그러네요.

왜 평범한 카레를 굳이 사장님한테 만들어 달라고 했어?

그리고 가득 만들어야 더 맛있다는 느낌도 들고.

카레는요, 왠지 내가 아닌 다른 사람이 만들어 준 걸 먹고 싶지 않나요?

바몬드 카레 순한맛.

맞아요. 사과랑 벌꿀이 가득 들어간 카레.

순한맛 카레잖습니까.

네?

저도 먹어 보겠습니다.

그래도 기왕에 만드셨으니

카레는 계속 순한맛을 먹었어요.

난 어릴 때부터

왜 또 그렇게 어린이 입맛의 카레를…

173

향신료랑 걸쭉한 끈기 때문인지, 어떤 술을 마셔도 안 어울리거든요.

전 됐어요.

이와마 씨는?

특히 그렇게 루로 만든 카레는요.

카레는 제일 술안주와는 어울리지 않는 음식이라 보거든요.

향신료향기 이국적인 그 향기

가을의 정취

소다즈

이, 이 분위기는 대체…?!

맛있게 먹고 있는데요?!

네~?! 난 레몬사워랑 같이

그러지 말고, 둘 다 마음을 가라앉혀.

아무튼, 난 필요 없다고!

후편에 계속

174

여기서 잠깐 ㉒ 「순한맛 카레(전편)」

본편에 등장하는 순한맛 고형 카레루 '바몬드 카레'는 잘 알려진 '하우스 바몬드 카레'다.

TV 광고로 죽을 만큼 많이 봤지만, 기억을 더듬어 봐도 지금껏 나는 먹어 본 적이 없다.

이번에는 카레를 술안주 삼기는 죽어도 싫어하는 소다츠에게 먹이기 위해 실제로 '하우스 바몬드 카레' 순한맛을 사서 먹어 보기로 했다.

슈퍼의 카레루 매장을 찾아보니 눈에 잘 띄는 곳에 있어 금방 찾았다. 그리고 순한맛 외에 중간맛과 매운맛도 존재한다는 사실을 알게 되었다.

사과와 벌꿀이 걸쭉~하게 녹아 있는 카레의 중간맛과 매운맛이 어떤 맛일지 궁금했지만, 지금은 그걸 시도할 여유가 없다. 왜냐하면 태어나서 처음으로 순한맛 카레 루로 카레를 만들어야 하니까.

그리고 가격을 보고 살짝 놀랐다. 제일 비싼 카레 루는 아니었지만, 값이 꽤 비쌌으니까. 역시 사과와 벌꿀이 걸쭉~하게 녹아 있는 제품답다.

카레 루를 사서 집에 돌아와 곧장 돼지고기, 감자, 당근, 양파 등의 일반적인 카레 건더기를 넣고 카레를 만들었다.

한 입 먹어 보고 깜짝 놀랐다. 맛있긴 하지만, 왠지 카레를 먹고 있다는 기분이 들지 않기 때문이다. (계속)

제23화 순한맛 카레(후편)

고마워
~.

그럼 사장님 얼굴을 봐서 조금만 먹을게요.

참,
어쩔 수
없다니까.

네~?!

기껏
만들었으니까.

이와마 씨,
그냥 맛만
봐봐.

맛있
습니다.

맞아요.
지금은 먹어야
예의라고요.

178

맛을
돋보이게 해줘서
좋은 소스
역할을
해주고
있어요.

카레가
가지구이의 향을
방해하지 않고

정말로?

맛있
는걸
?!

달달하고 걸쭉한
순한맛 카레라서
가능한 일일 거예요.

요즘 유행하는
매운 카레가
아니라

저도
마음이
놓입니다.

뭔진 몰라도
이와마 씨가
받아들여 주니
다행이야.

충분히
술안주
역할을
하는걸요?

이렇게 보니
순한맛 카레는

여기서 잠깐 ㉓「순한맛 카레(후편)」

카레라기보다는 스튜에 가까운 소스라고 표현해야 더 정확할까? 향신료 느낌이 전혀 나지 않았다.

그래서 번뜩인 게, 전편에서 소다츠가 주문한 연어 프라이와 가지구이에 끼얹어 먹으면, 카레가 아니라 소스 역할을 해서 맛있지 않을까 하는 생각이었다.

사실 전편을 그리는 중에는 연어 프라이와 가지구이에 카레를 소스처럼 뿌려 먹겠다는 생각은 해보지 않았다. 연어 프라이와 가지구이는 가을다운 메뉴로 등장시켰을 뿐이다.

하지만 소스처럼 뿌려 먹으면 맛있다는 사실을 알게 된 이상, 순한맛 카레를 술안주로 활용하는 데 눈을 뜨는 내용은 무리가 없는 전개라 할 수 있었다. 후편은 그렇게 해서 완성되게 된 것이다. 즉, 나 자신이 순한맛 카레의 잠재력을 눈치챘기에 가능한 전개였다는 말이다.

그리고 새삼 궁금해진 맛이 바몬드의 중간맛과 매운맛이다. 정말로 매울까? 얼마나 매울까? 궁금하기는 해도 굳이 사서 확인해 볼 만큼 색다른 시도를 좋아하진 않는다.

이렇듯, 사실 요즘에는 계속 결말을 생각하지 않고 만화를 그리기 시작한다. 그러면서 생각하다 보면 왠지 모르게 자연스레 결말로 이어진다. 이번에도 딱 그런 상황이었다. 옛날에는 필사적으로 결말을 생각하면서 거리를 이리저리 걸어 다녔었는데, 그건 대체 뭐였던 건지……

카레에 관련된 이것 저것

돌아보는 나만의 역사

카레는 흔히 '국민 음식'이라고 불린다. 이 국민 음식이란 단어는 정의가 무척 애매해서 정말 그런 단어를 써도 될지 의문이 들기도 한다.

카레 외에도, 소고기덮밥, 라멘, 군만두 등, 일본의 대중에게 사랑받는 음식은 모두 그렇게 불리기도 한다.

그러나 카레만큼은 아무리 별개의 음식으로 변모했다고 하더라도, 그 기원이 인도라는 점을 항상 상기하게 된다. 어디까지나 카레는 이국적이라 할 수 있다.

그런 카레를 쉽게 '국민 음식'이라고 불러도 될까?

불러도 된다.

아무리 이국적이라고 하더라도, 일본 사람들의 카레를 향한 사랑은 그칠 줄을 모르니까. 카레라이스를 비롯해, 카레우동, 카레라멘, 카레빵, 카레전골…. 카레맛 음식을 열거하자면 끝이 없다. 그야말로 국민 음식이다.

그런 카레를 과거의 내 카레 체험을 통해 고찰해 보고자 한다.

●우리 집 카레

18세까지 야마가타현 요네자와시의 부모님 댁에서 생활했을 때는, 어머니가 만들어주는 카레를 먹었다.

어머니의 카레는 평범한 건더기에 시판되는 카레 루를 사용해 만드는 극히 일반적인 카레였지만, 기뻐하며 맛있게 먹었던 기억이 남아 있다.

카레가 나오는 날에는 아버지가 카레만을 술안주 삼아 술을 마시기도 했지만, 나는 그걸 전혀 어색해하지 않았다. 나중에 내가 그걸 싫어하게 될 줄은 꿈에도 몰랐다.

고형 카레 루는 새로 발매되어 TV 광고에 등장하는 제품을 계속 바꿔서 사용했던 기억이 난다. 기억 나는 제품으로는 '글리코 원터치 카레', 'SB 골덴카레' 정도일까. '하우스 바몬드 카레'는 우리 집에서 사용하지 않았던 것으로 기억한다.

●레스토랑의 유럽식 카레

우리 아버지는 고도성장기의 회사원으로, 쉬는 날도 없이 일에만 열중했지만 1년에 두 번 정도는 가족을 데리고 외식을 나갔다. 내가 특히 좋아했던 곳이 시내의 첫째가는 서양

▼소다츠도 다 먹었다!

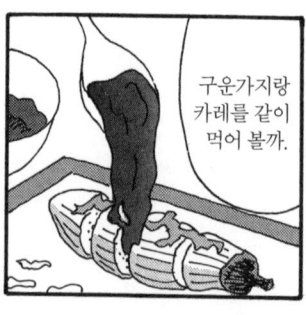

구운가지랑 카레를 같이 먹어 볼까.

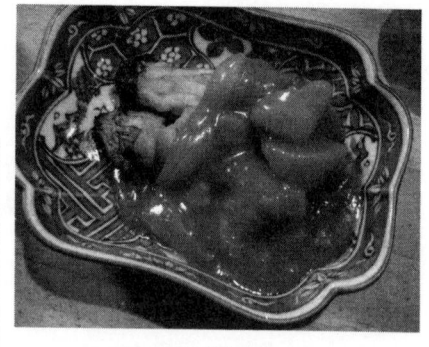

▲ 만들어 본 가지구이 카레
(자세한 내용은 이 책의 23화
'순한맛 카레 후편' 여기서 잠깐을 참조.

식 요리 레스토랑으로, 그곳에서 먹은 유럽식 카레는 살짝 셀러리 향이 났고, 집에서 먹던 카레와는 전혀 다른 레스토랑의 맛이 났다.

그 가게는 이미 사라져, 다시 맛볼 수 없다는 게 아쉬울 뿐이다.

●초등학교 시절의 캠핑 카레

초등학교 6학년 여름에, 학교 행사로 강변에서 1박 캠핑을 했었다.

저녁은 직접 조별로 만들어 먹게 되었는데, 우리 조는 카레를 만들기로 했다. 어쩌면 다른 조도 거의 다 카레였을지도 모르지만, 당시에는 다른 조가 뭘 만드는지 전혀 관심이 없었다.

저녁 준비를 시작했을 때, 조원 한 명이 '우리 엄마가 이걸 넣으라고 했다'라고 하며 비닐봉지에 들어 있던 밀가루를 꺼냈다.

아무래도 요리에 익숙하지 않으면 카레가 묽어지니, 밀가루로 걸쭉함을 내라는 뜻이었던 듯하다.

당시에는 카레 가루만으로 카레를 만드는 사람도 많아, 너무 묽은 나머지 참방거리는 카레가 완성된 모습을 나도 몇 번인가 본 적이 있다.

하지만 그날 밤 우리가 만든 카레는 시판된 루를 사용해서 적당히 걸쭉한 상태로 순조롭게 완성되었다.

그런데 그 조원은 엄마의 말대로 거기에다 밀가루를 추가로 집어넣었다.

그 결과 완성된 카레는 꾸덕한 점토 같은 카레였다.

우리 조원들은 밀가루를 넣은 그 친구를 비롯해 아무 말 없이 그 카레를 먹었다. 그리고 결국에는 점토 같은 카레가 잔뜩 남고 말았다.

그 친구의 어머니의 의도는 틀림없이 너무 묽어서 참방거리면 넣으라는 의미였을 텐데, 아쉽게도 아들은 아무 생각도 하지 않고 무조건 넣어 버렸다.

지금 와서 생각하는 일이지만, 당시 친구 어머니의 노파심은 정말 쓸데없는 참견일 뿐이었다….

●처음으로 직접 만든 카레

18살에 재수하기 위해 도쿄로 올라온 나는 대형 입시 학원이 있는 마을에 살던 삼촌 집 근처에 집을 빌린 뒤, 저녁은 삼촌 집에서 신세를 졌다.

삼촌은 미용실을 경영하고 있었는데, 당시의 미용사들이 몇 명인가 거기서 숙식을 해결하며 살고 있었다. 그리고 그 미용사들이 돌아가며 저녁을 만들었는데, 그 순번 사이에 나도 끼게 되었다.

부모님 댁에서 살아서 혼자서는 요리를 해본 적이 없던 사람이 가장 쉽게 할 수 있는 요리는 시판되는 루를 사용한 카레였다. 포장된 상자에 적혀 있는 대로 만들면 평범하게 먹을 수 있는 음식이 완성되니까.

미용사들에게는 미안했지만, 내 차례가 오면 항상 카레를 만들었다.

●처음으로 먹어 본 인도 카레

대학생이 된 지 얼마 되지 않아, 항상 같이 음식을 먹게 된 학우가 인도 요리점 두 곳으로 나를 데리고 가 주었다.

요즘 일본에는 아득할 정도로 많은 인도 요리점이 존재하지만 당시에는 아직 인도 요리점은 보기 드물었다.

당시에 내가 인도 요리에 어떤 이미지를 가지고 있었는지는 잘 기억나지 않지만, 보기 드문 진기한 음식이라 친구를 따라갔으리라 생각한다.

첫 번째 가게는 신주쿠 다카노(新宿高野)의 빌딩에 입점해 있던 세계 각국의 요리를 먹을 수 있는 푸드코트로, 인도 요리점의 카레와 난을 먹었다.

태어나서 처음 먹어 본 인도 카레와 난은 상상보다 훨씬 맛있어, 나의 카레 라이프의 새로운 문을 열어젖혀 주었다.

다음으로 친구가 데리고 간 곳은 구단(九段)에 있던 남인도 요리 레스토랑 '아잔타'였다.

향 냄새가 떠도는 이국적인 가게로, 카레와 차파티를 먹었다.

난을 먹었을 때도 감격했지만, 빵 같은 느낌이 적은 차파티는 더욱 이국적인 느낌이었고, 또한 남인도의 찰기 없는 카레와 무척 잘 어울려, 완벽하게 빠져들고 말았다.

　너무 마음에 들어 그 이후로도 몇 번이나 찾아갔었지만, 1985년에 고지마치(麴町)로 이전한 뒤로는 발걸음이 뜸해졌다.

　하지만 이 시기의 아잔타 체험 덕분에 인도 요리에 강한 동경을 품게 되었다.

●인생에서 가장 맛없었던 카레

　학생 시절, 카레는 대학 주변에서 먹었다. 학식이나 근처 음식점에서 파는 평범하기 짝이 없는 카레였지만, 그 시절에 여태까지 먹었던 카레 중에서 제일 맛없는 카레를 만나고 말았다.

　장소는 만화연구회의 동아리방 건물의 지하에 있던 작은 학생 식당. 그곳에는 몇 군데 있던 학식 중에서 가장 값싼 곳이었다.

　어느 날, 그곳에서 카레라이스를 주문해 먹기 시작했다.

　하지만 몇 입 먹지도 못하고 나는 숟가락을 내려놓고 말았다. 어떻게 맛이 없었는지는 기억나지 않지만, 좌우간 너무 맛없어서 그 이상은 먹을 수가 없었다.

　당시에는 가난한 학생이라 음식을 남기는 일이 없었던 내가 그때는 절반 넘게 먹지도 못하고 남겼다.

　지금에 와서는 어떻게 맛이 없었는지 한 번 더 맛을 보고 싶기도….

●루를 사용한 어레인지 시기

　졸업한 뒤, 일러스터레이터 / 만화가 생활을 시작한 이후로는 거의 외식만 했지만, 카레는 가끔 만들어 먹었다.

　시판되는 루를 사용한 카레이긴 했지만, 감자, 당근, 고기 등의 평범한 건더기 이외에도 가지, 피망, 토마토, 버섯 등의 재료에 도전해 보기도 했다.

　루 이외에 우스터소스, 토마토케첩, 토마토주스, 잼 등을 더해 보기도 했지만, 기본적인 맛은 사용한 시판용 루에서 크게 벗어나는 일은 없었던 것으로 기억한다.

●'라지푸트'

한때 졸업한 뒤로 와세다에 살고 있던 시절, 새로운 카레 가게와 만나게 되었다. 그 가게의 이름은 '라지푸트'. 다카다노바바(高田馬場)의 와세다 거리에 있던 전설의 명곡 카페 '램블' 옆의 골목길로 들어간 곳에 있는 낡은 목조 건물을 개조한 점포로, 파키스탄 출신의 주인과 일본인 아내 부부가 운영하던 곳이었다.

메뉴는 평범한 인도 요리점과 크게 다르지 않았지만, 간과 향신료는 요리사인 남편이 살던 고향의 맛이라는 듯, 그게 무척 맛있어서 자주 찾는 단골이 되었다.

카운터밖에 없는 좁은 가게였지만, 서서히 손님이 늘어, 그 이후에는 벽으로 막혀 있던 곳을 허물어 옆방에 좌식 자리가 생기게 되었다.

그리고 나중에는 다카다노바바의 오타키바시(小滝橋) 거리의 빌딩 2층으로 이사했다.

그곳에도 자주 다녔는데, 어느 날부터 항상 주방에서 요리를 하던 남편이 계속 계산대에 서 있고 요리는 다른 요리사가 하게 되었다. 그리고 명백히 맛이 떨어져 실망한 나머지 발길을 끊고 말았다.

이번에 오랜만에 검색해 보니, 2010년에 가게 문을 닫은 듯했다.

아아, 그 주인의 카레를 한 번 더 먹어 보고 싶다~.

●향신료 시기

'술 한잔 인생 한입' 등의 음식 장르 만화를 계속 그리기 시작한 이후로는, 매일 저녁 술의 술안주를 적극적으로 요리해 보게 되었다.

그 시절부터일까. 여러 종류의 향신료를 사놓고 다양한 카레를 만들기 시작했다.

아직 향신료 카레란 말이 없던 시절이라, 예전에 먹어 본 인도 요리점의 카레나 서서히 도쿄에 늘기 시작한 인도 / 네팔 요리점의 카레를 떠올리며 적당히 만들어 봤던 것으로 기억한다.

'단추' 잡지의 카레 특집 레시피 등을 참고하기도 했지만 기본적으로는 나만의 방법으로, 맛은 뭐 그냥저냥이었지만 향신료를 일단 사용하기 시작하면 시판되는 루로는 돌아

◀▲ 직접 만든 향신료 카레들.
이런 카레를 시작으로 깊고 넓은
향신료의 길로 접어들게 된다.

갈 수가 없어진다.

●인도 여행

1997년에 인도로 혼자서 여행을 떠났다. 한 번은 가보고 싶었던 인도였는데, 캘커타가 인도의 축소도 같은 도시라는 지인의 말을 듣고 캘커타에 체재해 보기로 했다.

처음으로 방문한 인도는 컬처쇼크의 연속으로, 정말 인상 깊었던 여행이었지만 식사와 관련된 기억은 별로 나지 않는다.

사실을 말하자면, 인도의 대중적인 식당이나 노점은 무서워서 거의 들어가지 않고, 식사는 머물고 있던 호텔의 레스토랑이나 고급 레스토랑에서 해결했다.

요리는 대부분 카레맛이나 향신료 맛이 났지만, 흠칫거리며 먹다 보니, 일본의 인도 요리점에서처럼 천천히 맛을 음미하질 못했다.

첫 번째 인도 여행은 여러 가지로 자극이 너무 강해서 식사에 신경 쓸 상황이 아니었다.

●이나다 슌스케 씨의 영향

인기가 많았던 모던 인디언 레스토랑 '에릭사우스'의 총수인 이나다 슌스케(稲田俊輔) 씨를 SNS에서 알게 된 이후로, 엄청난 속도로 간행된 그분의 음식 에세이나 카레 레시피 책은 반드시 확인했고 적지 않은 영향을 받았다.이나다 씨의 레시피의 훌륭한 점은 적혀 있는 내용대로 만들기만 하면, 아무도 불평할 수 없는 맛있는 카레가 완성된다는 것이었다.

그 이나다 씨의 책을 보고 가장 인상 깊었던 대목은 'SB식품의 카레가루 빨간 캔은 너무 강하다'라는 의견이었다.

SB의 빨간 캔은 신뢰할 수 있는 카레 가루로 오랫동안 사용한 제품으로, 향신료만 들어간 카레를 만들 때도 가람 마살라 대신에 넣기도 했지만, '너무 강하다'란 대목이 무척 납득되는 대목이었다. 실제로도 맛이 너무 강해서 다른 재료를 압도해 버렸기 때문이다.

그 이후로는 SB의 빨간 캔에 좀처럼 손이 가지 않았다.

그 이외에도 카레에 관해서는 그분의 고찰이나 레시피 덕분에 깨닫게 된 점이 많아, 이나다 씨의 영향력은 무시무시할 정도였다.

●케랄라의 밀스 신(神), 누마지리 마사히코 씨와의 만남

2022년은 내 카레 라이프에서 특별하다고 할 수 있는 사건이 벌어졌다.

그 사건이란 도쿄 오모리(大森)에서 인도의 케랄라주(州)의 요리를 제공하는 레스토랑 '케랄라의 바람 모닝'의 오너 셰프인 누마지리 마사히코(沼尻匡彦) 씨가 밀스라 불리는 요리를 만드는 현장을 보고 맛보았던 체험이었다.

발단은 제면기 컬렉터로 알려진 라이터 다마오키 효혼(玉置標本) 씨의 '밀스에 관한 동인지를 만들고 있는데, 밀스에 흥미는 있는가' 하는 타진이었다.

밀스란 야채를 향신료를 사용해 조리한 남인도의 요리를 총칭하는 말로, 일반적으로 식당에서는 몇 가지 정도의 요리를 조합한 정식 스타일로 제공한다.

향신료를 사용한 내 멋대로 카레에 정체된 느낌을 지울 수 없었던 나는 '있고말고, 아주 많아'라고 대답했다. 그러자, '케랄라의 바람 모닝'에서 밀스의 조리 실연과 시식회가 있다고 대답이 돌아와, 나는 그곳에 참가하게 되었다.

누마지리 마사히코 씨는 일본의 케랄라 요리 제일인자로, '케랄라의 바람 모닝'은 아는 사람은 다 아는 인도 요리 애호가의 성지와도 같은 가게였다.

그런데 실제로 만난 누마지리 씨는 요리를 하면서 썰렁한 개그를 계속 날려대는 아저씨였다.

사모님과 둘이서 만들어 가는 요리는 정말 멋진 솜씨였지만, 레시피로만 따지면 정밀하다고 할 수는 없었다. 하지만 완성된 요리는 놀라울 만큼 맛있어, 모처럼 충격을 받았을 정도였다.

지금까지 먹었던 그 어떤 인도 요리와도 달랐고, 재료와 향신료의 조합이 절묘해서 순식간에 그 맛에 매료되었다.

다마오키 씨는 그 누마지리 씨를 자주 찾아가 밀스 레시피를 동인지에 게재하기 위해 내용을 정리하는 중이었다.

그리고 다마오키 씨가 정리한 레시피를 보면서 실제로 밀스를 만들고, 그 경험을 만화로 그린 나의 작품 '밀스의 좁은 길'이 게재된 동인지 '만들자 밀스'가 간행되었다.

내가 태어나서 처음으로 만든 밀스는 콩과 야채를 향신료나 코코넛과 함께 끓인 '쿠투

▲ '케랄라의 바람 모닝'의 밀스. 너무 맛있어 경악했다!

(Koottu)'라는 요리였다. 콩은 카나달, 야채는 주키니를 선택했다.

누마지리 씨가 요리를 하던 현장을 떠올리면서 다마오키 씨의 레시피를 보며 완성한 그 요리는, 도저히 내가 만들었다고는 생각하기 힘들 만큼 맛있었다.

그 이후로 내 카레 만들기는 결국 정체되고 말았다. 일단 다마오키 씨가 정리한 밀스 레시피를 전체적으로 만들어 보기 전까지는 함부로 향신료 요리는 만들 수 없겠다 싶은 생각을 하는 요즘이다.

읽어 보신 대로, 지금은 이러한 단계에 와 있는 상태다.

앞으로 내 카레 라이프는 시판되는 루도, 카레 가루도 사용하지 않고 향신료만으로 만든다는 최신의 방침을 더욱 밀고 나갈 생각으로, 요즘에는 어디선가 누군가가 조합했을 가람 마살라조차 쓰고 싶지 않아졌다.

아휴, 대체 어쩌다 이런 길에 발을 들이고 말았는지…. 하여간, 자, 만들어 보자. 밀스를!

▼ 처음으로 직접 만든 밀스 '쿠투'.
훌륭한 선배님들을 뒤쫓은
덕분에 향신료의 세계는
더욱 맛있는 세계가 되었다!

▲ 쿠투&라이스.
보기만 해도 군침이…!

제24화 술자리의 승패

여기는
어때?

타케노마타가
도쿄 출장을 끝내고
돌아가는 길에
급히 셋이서
한잔하게 되었다.

그러면
…

좋아,
들어
가자.

그러게.

응,
괜찮네.

생맥주입니다.

분위기 꽤 괜찮네.

응, 차분하고 괜찮아.

건배!

그러면

꿀~~쩍

역시 맥주가 맛있어.

하~~아

난 아직
괜찮아.

슬슬
마무리하고
갈게.

난 신칸센
시간이 다 돼서

그 후.

소다츠는?

좋지.
나도 똑같은
걸로.

어디 보자.
구운 주먹밥
오차즈케가
좋을까.

195

구운
주먹밥
오차즈케
입니다.

오래
기다리셨
습니다.

소다츠, 너도
먹지 그러냐.

이거 진짜
맛있는데?

이제 교토로
돌아가는
타케노마타야
그렇다 치고

왜 그렇게
고집을 부려?

필요
없다고!

내가
말했지.

처음 들어온
가게에서
마무리를 먹으면

196

뭐…?

내 패배
거든~?!

그보다
뭐에
패배하는
건데?

왜 패배란
거야?

뭐에
패배하는지는
잘 모르겠지만…

뭐냐니
….

뭣이라?!

너 바보
아니냐?

하여간
내 술꾼으로서의
긍지가 패배라고
외치고 있다고!

즐거워지기
위해 마시는
건데.

술 마시는데
승패가
어디 있어.

여기서 잠깐 ㉔ 「술자리의 승패」

사실 나는 술을 마시면서 '승패'를 생각한 적은 없다. 굳이 따지자면 사이토 같은 생각이다.

예를 들면, 조금 실수했나? 싶은 가게에 들어간다 해도, 그건 가끔 있는 일이니 굳이 이겼다느니 졌다느니 하고 있으면 괜히 지치기만 할 뿐이다.

잘못 들어왔다 싶으면 빨리 나가면 될 일이고, '지는 게 이기는 것'이란 말이 있듯이 잘못 들어왔다 싶은 가게에서도 뭔가 얻어갈 만한 요소가 있기도 하다.

그러나 그런 나에게도 1년에 한 번은 '승패'를 의식하게 만드는 일이 있다. 바로 매년 1월에 열리는 K백화점의 에키벤(열차 역 도시락) 대회. 이 대회를 사랑해 마지않는 우리 그룹에는 '패배 도시락'이란 말이 있는데, 다름 아닌 먹은 걸 후회하는 실망스러운 에키벤을 가리키는 말이다.

에키벤 대회에는 수없이 많은 에키벤이 진열된다. 그 모든 에키벤을 먹기란 도저히 불가능하기 때문에, 일부 몇몇 에키벤밖에는 먹을 수 없다. 심지어 요즘 에키벤은 무척 비싸다. 그런데 꽝을 사서 먹는다면, 그건 명백한 '패배'라 말하지 않을 수가 없다.

그럼 대체 누구의 패배인가? 그건 백화점도 에키벤 가게도 아니다. 오로지 '패배 도시락'을 선택한 자신을 탓할 수밖에 없는, 승자 없는 '패배'다.

소다츠의 사계절 안주
㊙ 양송이 페이스트

술안주 위원장 히인 씨가 또 세련된 레시피를 소개해 주었다.

가장 큰 포인트는 브라운 양송이버섯을 다지는 것. 처음에는 부엌칼로 다졌지만, 바로 단념하고 마침 구입했던 '베지터블 차퍼'를 사용했다. 이 과정만큼은 이러한 다지기 도구 또는 푸드 프로세서에 맡기자.

기본적인 재료 이외에 카더멈, 클로브 등의 향신료나, 파슬리, 오레가노 등의 허브를 더하면 더욱 맛이 증폭된다.

야채, 생선, 조개, 고기류의 로스트나 빵에 곁들이면 가게에서 사 먹는 듯한 맛으로 업그레이드된다. 와인과 함께 드시길.

양송이 페이스트 만드는 법

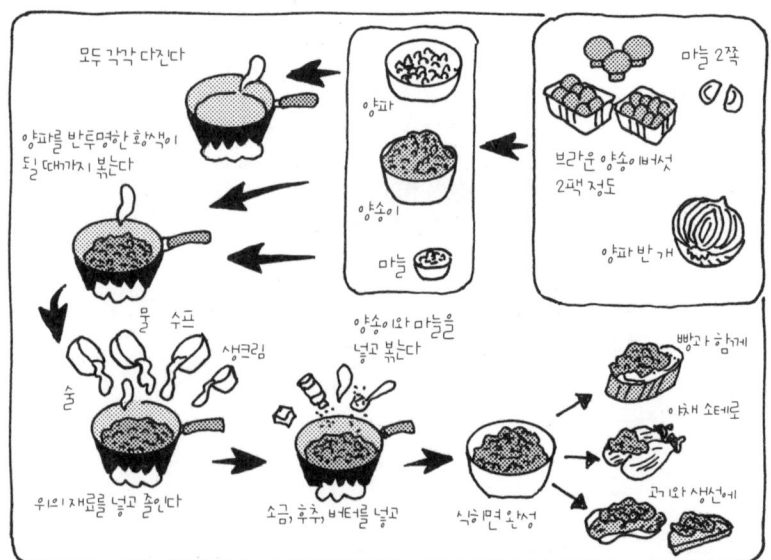

술 한잔 인생 한입

●후기   스가 료타로(菅良太郎)[팬서](개그맨)

술 한잔 인생 한입에서 배운 술의 세계

이렇듯 '술 한잔 인생 한입'의 후기를 담당할 수 있다니, 술과 만화를 매우 좋아하는 나에게는 꿈만 같은 일이다.

나의 술 편력을 고려하면 지금의 나를 아는 사람들은 놀라겠지만, 나는 22살 정도까지는 술을 마시지 못했다. 오히려 싫어했다. 고향에서 항상 어울리던 친구들은 성인이 되자마자 술을 배웠고, 어느새 함께 모이는 장소도 패밀리레스토랑에서 이자카야로 변화했다.

친구들이 맛있게 맥주나 소주를 마시면서 몇 번이나 똑같은 이야기에 폭소하는 모습을 지켜보면서, 나는 옆에서 닭튀김이나 볶음밥을 콜라를 마시며 먹었던 기억이 난다. 고향에는 그 이외에도 술을 하지 못하는 친구가 2명이 있었는데, 이대로 계속 술을 마시지 않아선 재미없고, 무엇보다 저렇게 즐거워 보이니까 술을 마시고 싶다! 그럼 어쩌지? 같은 이야기가 나왔을 즈음, 한 명이 '특훈을 하자!'라고 말을 꺼내, 그 이후로는 누군가의 집에 매일 밤 모여서 350ml짜리 캔맥주를 혼자서 두 캔씩, 그 쓸쓸한 맛 때문에 포기하고 싶은 마음을 서로 다독이면서 열심히 마시는,

지금에 와서 보면 전혀 괴롭지 않은 기묘한 축제를 벌이곤 했던 일이 좋은 추억으로 남아 있다.

그렇게 노력한 끝에 술을 마실 수 있게 된 이후에는 젊은 혈기에 못 이겨 엉망진창이었다. 술 종류도 맛도 술안주도, 취할 수만 있다면 뭐든 상관없었다. 그 당시였다면 정말 소독약이라도 마실 수 있었을지도 모른다. 기절할 때까지 마셔서 아침에는 믿을 수 없는 숙취에 절망해 다시는 술은 마시지 않겠다고 맹세하며 일하러 갔다가, 저녁쯤이 되면 어? 멀쩡하네? 하고 생각하며 일이 끝날 즈음에는 '건배!'라고 외치며 잔을 기울였다. 아무런 생산성도 없고, 사건도 일어나지 않는 루프 이야기 같은 20대를 지나 심신이 지쳤을 즈음, 라즈웰 씨의 '술 한잔 인생 한입'을 만나게 되었다.

벌써 10년도 넘게 지났으니 20대 후반이 아니었을까. 금세 푹 빠져서 계속해서 읽어 나가는 중에, 술의 세계의 심오함을 배우게 되었다. 나는 남들이 무엇에 집착하는지를 듣는 걸 좋아해서, 그런 나에게 술꾼들이 무엇에 집착하는지가 가득가득 들어찬 '술 한잔 인생 한입'은 단순한 지적 호기심을 채우는 만화를 넘어선 바이블에 가까운 책이 되었다.

이를테면 1권에 게재되어 있는 꽁치 먹는 법. 나에게는 완벽 그 자체였다. 먹는 법과 술을 마시는 법뿐만이 아니라, 술을 마시는 매너나 마음가짐도 배웠다. 코로나 사태로 밖에서 술을 마실 수 있는 기회가 확 줄어들었을 때는, 간단하게 흉내 낼 수 있는 술안주 레시피도 도움이 되었다. 라즈웰 씨는 술과 술안주를 좋은 의미에서 '이용'하여 '마시는' 기분 좋은 과정을 즐기고 있다. 그건 무척 '세련되고' 멋진 모습이다. 푹 빠져서 만화를 읽다 보니 점차 나 자신이 부끄러워졌다.

지금까지 취하면 뭐든 좋다는 자신의 태도는 단지 술에 빠져 허우적대는 어린애의 모습일 뿐이었다.

이 '술 한잔 인생 한입'을 만난 해의 겨울, 처음으로 마리아주(술과 음식의 궁합)

를 의식하며 뜨끈한 사케와 회를 주문해 보았다. 최고였다. 차갑게 식은 몸과 위에 화악 퍼지는 그 느낌에, 처음으로 술을 '맛있다'라고 생각하게 되었다.

마음속으로 '라즈웰 씨, 감사합니다'라고 몇 번이고 생각하면서 마셨던 일을 기억하고 있다.

그 이후로 십수 년. 이렇게 후기를 쓸 기회가 올 줄은 생각도 하지 못했다. 라즈웰 씨, 제가 혼자서 그렇게 생각했을 뿐이지만, 그때는 정말로 감사했습니다.

P.S 아직도 술에 허우적댈 때가 많습니다.

술 한잔에
인생 한입

술을 좋아하면 좋아하는 만큼!
술을 마시지 못해도 전해지는 즐거움이 있다!
읽으면 읽을수록 깊어지는 혼술의 맛☆

무라사키 와카코 26세.
술을 원하는 혀를 가지고 태어났기에
오늘 밤도 이리저리 술자리를 찾아서
여자 홀로 술 여행을 떠난다…♪

①~㉔권
절찬 발매중!
신큐 치에 | 각 권 8,000원

푸슈─

와카코와 술
Wakako zake

오늘도 당당하게 혼자 술을 마시는 와카코.
그녀와 함께 술과 안주를 벗삼아 누리는 최고의 행복을 느껴보자!!
혼자만의 즐거움을 만끽하는 진정한 자유가 기다린다!!

술 한잔 인생 한입 ① ~ ❺❷권

봄, 여름, 가을, 겨울….
계절이 바뀌어도 한잔 술과
안주의 즐거움은 영원히…!

라즈웰 호소키

소소하고, 담백하고, 따뜻하고
때론 가슴 뭉클하게~
하루하루 지쳐가는 우리네들의
마음을 녹여줄 소다츠의 즐거운
술 사랑~♥ 이야기들이 펼쳐진다!!

바-레몬하트 ① ~ ❸❼권

지식과 상식을 넘어
잔잔한 감동까지 선사하는
바 레몬하트로 오세요!!

후루야 미츠토시

술도 알고 마셔야
더 맛있다!!
술을 제대로 고르는 법,
맛있게 마시는 법,
유명한 명주들의 지식까지!
지금까지 알지 못했던
술에 대한 온갖 이야기가
펼쳐진다!!

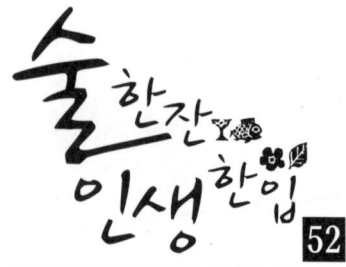

초판 1쇄 인쇄 2025년 8월 10일
초판 1쇄 발행 2025년 8월 15일

극화 : 라즈웰 호소키
번역 : 문기업

펴낸이 : 이동섭
편집 : 이민규
디자인 : 조세연
영업·마케팅 : 조정훈, 곽혜연
기획편집 : 송정환, 박소진
e-BOOK : 홍인표, 최정수, 김은혜, 정희철, 김유빈, 김미연
라이츠 : 서찬웅, 서유림
관리 : 이윤미

㈜에이케이커뮤니케이션즈
등록 1996년 7월 9일 (제302-1996-00026호)
주소 : 08513 서울특별시 금천구 디지털로 178, B동 1805호
TEL : 02-702-7963~5 FAX : 0303-3440-2024
http://www.amusementkorea.co.kr

ISBN 979-11-274-9223-6 17830
ISBN 978-89-6407-195-3 17830 (세트)

SAKE NO HOSOMICHI Vol.52
©Roswell Hosoki 2023
All Rights Reserved.
First Published in Japan in 2023 by NIHONBUNGEISHA Co., Ltd., Tokyo.
Korean translation rights arranged with NIHONBUNGEISHA Co., Ltd., Tokyo.
through Tuttle-Mori Agency, Inc., Tokyo